동급생

동급생

프레드 울만 지음 황보석 옮김

폴과 밀리센트 블룸필드에게

몇 년 전 프레드 울만의 『동급생』을 처음 읽었을 때 나는 작가(당시에는 화가로서의 명성으로만 알고 있던)에게 이 소설을 작은 걸작으로 생각한다는 편지를 써 보냈다. 〈작은 *minor*〉이라는 형용사에 대해서는 설명이 좀 필요할 듯싶다. 그것은 책의 크기가 작다는 것, 그리고 주제가 인류 역사상 최악의 비극인데도 향수 어린 단조 *minor*로 쓰였다는 느낌을 말하기 위함이었다.

구성 면에서 본다면 『동급생』은 장편도 아니고 단편도 아닌 중편 *novella*, 이곳에서보다는 유럽 대륙에서 더 많은 인정을 받는 예술 형식이다. 이런 소설에는 장편소설의 상당한 분량과 파노라마 같은 속성은 없지만 그렇다고 단편소설도 아니다. 단편은 하나의 일화, 삶의 한 단면을 다루는 데 비해 중편은 뭔가 더 완전한 것, 즉 장편의 축소판이 되기를 추구한다. 그 점에서 울만은 훌륭하게 성공을 거두었는데 그것은 아마도 화가들이 구도를 캔버스의 크기에 맞추어 잡을 줄 아는 반면 작가들에게는, 불행히도, 무한정 공급되는 종이가 주어지기 때문일 것이다.

또한 그는 이야기에 아름답고 시적인 음악의 특성을 부여하는 데에도 성공했다. 그의 주인공인 한스 슈바르츠는 이렇게 적고 있다. 〈내 상처는 아직 치유되지 않았고 독일을 떠올리는 것은 상처에 소금을 문지르는 격이다.〉 그렇더라도 그의 기억들은 〈포도밭과 과수원들로 덮이고 성채들로 왕관이 씌워진 완만하고 평온하고 푸르른 슈바벤의 언덕들〉과 〈호박 빛깔 수지(樹脂)와 버섯 냄새를 풍기는 짙은 색 나무들 사이로 송어 개울이 흐르고, 그 둑에는 목재소들이 늘어선 검은 숲〉에 대한 동경으로 채워져 있다. 그는 결국 독일에서 쫓겨나고 그의 부모는 자살을 하도록 몰린다. 그런데도 오래도록 남아 있는 이 중편소설의 뒷맛은 네카어 강과 라인 강변의 짙은 색 나무로 지어진 가게들에서 나오는 그 지역 와인의 향기다. 바그너의 분노라고는 없어서 마치 모차르트가 「신들의 황혼Götterdämmerung」을 다시 쓴 것 같다.

인종 청소를 위해 시체들을 녹여 비누로 만들었던 시기를 다룬 두꺼운 책들이 이제까지 수백 권 쓰였지만 그렇더라도 나는 이 얇은 책이 서가에서 영원히 차지할 자리를 찾아낼 것이라고 진심으로 믿는다.

1976년 6월 런던에서
아서 케스틀러*

* Arthur Koestler(1905~1983). 작가이자 저널리스트. 헝가리 부다페스트의 유대계 가정에서 태어났다. 1931년 독일 공산당에 가입했으나 스탈린과 파시즘의 등장에 실망하고 1938년 결국 당을 탈퇴하였다. 그 후 『한낮의 어둠』 등 전체주의를 비판하는 소설을 써 세계적인 명성을 얻었다.

나는 20년쯤 전, 한 친구 덕분에 관심이 끌려 이 작은 책을 처음 만나게 되었던 때를 마치 어제 일처럼 기억한다. 기쁨과 고통이 마음속에서 강렬하게 뒤섞여 나도 모르게 눈물이 흐르는데도 미소를 짓고 있었던 때를. 시야가 부옇게 흐려져서 계속 읽어 나갈 수가 없었음에도 커다란 행복감이 나를 휘감았던 때를. 마치 지옥의 불길 속에서 천사들이 노래를 부르기 시작한 것 같았던 때를.

지금껏 살아오면서 내가 그처럼 큰 충격을 느꼈던 것은 두세 번밖에 되지 않는다. 아마도 아이작 B. 싱어의 『깃털 왕관 *A Crown of Feathers*』, 그리운 헤밍웨이의

『태양은 다시 떠오른다』, 아라공이 공산주의로 전향하기 전 젊은 초현실주의자였던 시절에 쓴 기괴한 이야기인 『파리의 농부 *Le Paysan de Paris*』를 읽었던 때가 그랬을 것이다. 그 당시 나는 텔레비전에 출연해서 도서 평론을 하고 있었는데 내가 어쩌다 우연히, 영국에 살고 있는 독일 출신 화가의 걸작 소설을 접했다는 소식을 최대한 강력하게 전하기 위해 프로그램 편성실로 급히 달려 들어갔다.

이 책은 프랑스에서 엄청난 성공을 거두었다. 그 첫 번째 이유는 누구도 놓칠 수 없는 문학적 완벽성 때문이었다. 하지만 나는 또한 모든 독자들이, 내가 작가를 만나게 되었을 때 그랬던 것처럼 간절한 마음으로 그를 포옹했다고도 생각한다.

프레드 울만의 이 책에서 내가 보기에 가장 훌륭한 특징은 전혀 무게감이 다른 두 이야기 ─ 청소년기의 우정과 나치즘의 발흥 ─ 모두에 똑같은 감정을 실어 결합시킨 방식이다. 그 두 가지 주제가 단순하면서도 섬세하게, 아주 매혹적인 필치로 다루어졌고 이야기를 그처럼 명료하게 전개시킨 것은 거의 기적에 가까운 위업이다.

이 책은 우리를, 플로베르의 『보바리 부인』에서처럼, 어린 시절의 맨 마지막 날들과 불안한 청소년기의 시작이라는 마법의 세계로 곧장 던져 넣는다. 한 학생이 새로 전학을 오고 〈그는 1932년 2월에 내 삶으로 들어와서 다시는 떠나지 않았다.〉 동시에 운명이, 어린 시절의 사랑과 10대의 우정이, 등골이 찌르르해지는 설렘을 불러일으킨다.

신처럼 잘생기고 매력적인 소년 콘라딘 폰 호엔펠스는 유대인 의사의 아들이자 랍비의 손자인 화자(話者) 한스 슈바르츠와 친구가 된다. 내가 보기에는 이 소설을 읽으며 어딘가 다른 곳 다른 상황에서 만들어진 유대관계, 말하자면 프루스트의 소설에 나오는 샤를 스완과 게르망트 가(家)의 관계를 떠올리지 않기란 불가능할 것 같다. 스완과 게르망트처럼, 어린 슈바르츠는 호엔펠스를 둘러싼 분위기에 현혹되고 그와 콘라딘의 우정은 절묘한 솜씨를 보이는 울만의 묘사 덕분에 열정적인 전기를 맞는다. 랍비의 손자는 자기 방에 값을 매길 수 없이 귀중한 몇 가지 보물들, 즉 사자 이빨, 그리스 동전 세 개, 코끼리 어금니, LEG XI라는 글자가 새겨진 로마 시대의 타일 등을 보관하고 있는데 그것들을 자기의 새로운 친구 ── 그의 선조들 중 하나는 칼리카드누스 강에서 익사한 프리드리히 바르바로사를 구하려다 죽었고 또 하나는 〈세계의 경이Stupor mundi〉라는 별명이 붙었던 호엔슈타우펜 왕조의 프리드리히 2세의 품에 안겨 살레르노에서 사망했다 ── 에게 보여주고 싶어 안달이 나 있다.

　여기에 역사가 갈라놓고 궁극적으로는 파괴해 버린 두 소년의 사춘기와 우정을 그린 더없이 순수한 이야기가 있다. 히틀러가 권력을 장악하려는 참이고, 어리석음과 야만이 괴테와 횔덜린의 나라를 파괴하려 들고 있다. 그의 언어는 단순하지만 그 어떤 분노나 저주보다도 더 무게가 있으며 그 덕분에 우리는 어쩔 수 없이 인류를 괴롭힌 가장 끔찍한 재앙들 중 하나로 이끌리는 길로 들어선다. 콘라딘 폰 호엔펠스의 어머니는 히틀러 편이고 한스 슈바르츠의 부모는 자살한다. 결국 독일은 명예가 갈가리 찢긴 채 파괴당하지만 한스 슈바르츠는 미국으로 떠남으로써 그 재난을 피해 살아남는다.

　이 책의 결말은 몇 줄에 걸쳐 걸작 내에서도 걸작이

다. 그 결말이, 갑자기, 중편소설이었던 것을 서사시 차원의 소설로 바꾸어 준다. 즉 짧은 이야기의 강력한 우아함과 단순함을 유지하는 교양소설이자 성장소설이었던 것에, 오르간 소리가 고조되듯, 더 명료하고 드라마틱한 특성을 더해 주는 것이다. 대단원을 이루는 행들에서 나는 싸움을 포기하고 눈물을 펑펑 쏟으며 울었다. 어쨌건 상관없이 그것이 결말이었다.

내 개인적 메모를 짤막하게 끼워 넣어도 될지 모르겠다. 프레드 울만의 걸작이 탄생한 시대를 통틀어 나의 아버지는 독일 주재 외교관이었다. 하지만 아버지는 히틀러를 혐오했고 한스 슈바르츠와 그의 부모 같은 수많은 유대인을 구해 냈다. 아버지는 또한 울만이 그렇게도 잘 묘사한 호엔펠스 집안 사람들이 자주 출몰하는 환경에서도 편안한 모습을 보였다. 나는 내가 울만의 소설에 나오는 그곳에서 자랐고 — 그때 나는 여섯 살 아니면 일곱 살이었을 것이다 — 소설 속의 등장인물들이 이자르 강둑 근처의 집에서 내 작은 침대 위로 몸을 숙이고 있었다는 느낌이 든다. 울만의 책을 읽는 동안, 슈바르츠와 호엔펠스의 엇갈린 길을 따라가는 동안, 가슴이 저려 왔고 목이 메었다. 나는 아버지를 생각했고 그러자 눈물이 더 하염없이 흘렀다.

그리고 기쁨도 함께. 프레드 울만의 소설에서 더할 나위 없고 비길 데 없는 것은 인간의 위대함과 완전무결함으로부터 분리할 수 없는 천박함, 어리석음, 잔인함도 같이 보여 주고 있다는 점이다. 이 책은 우리를 슬픔과 공포 속으로 던져 넣고 마지막 행에서는 우리에게 희망을 품을 이유를 되살려 준다. 영국에서 살았던 유대계 독일인 화가가 쓴 몇 페이지의 글이 단테, 셰익스피어, 밀턴 또는 파스칼의 위대한 구성들과 공통적으로 지닌 특성은 이것이다. 최악의 것에 언제나 의지할 수는 없고, 저주받은 것들 가운데는 항상 정의가 있으며 그 정의는 마지막 순간에 하느님이 어둠 속에서 끌어 올린다는 것.

1997년

장 도르메송*

* Jean d'Ormesson(1925~2017). 작가이자 저널리스트. 프랑스 파리에서 태어났으며 외교관인 아버지를 따라 독일, 루마니아, 브라질 등에서 어린 시절을 보냈다. 1974년부터 1979년까지 『르 피가로』 주필을 맡았고 아카데미 프랑세즈 회원이었다.

동급생

1

그는 1932년 2월에 내 삶으로 들어와서 다시는 떠나지 않았다. 그로부터 사반세기가 넘는, 9천 일이 넘는 세월이 지났다. 별다른 희망도 없이 그저 애쓰거나 일한다는 느낌으로 공허한 날이 가고 달이 가고 해가 갔다. 그중 많은 나날들이 죽은 나무에 매달린 마른 잎들처럼 종작없고 따분했다.

내 가장 큰 행복과 가장 큰 절망의 원천이 될 그 소년에게 처음 눈길이 멈췄던 것이 어느 날 어느 때였는지를 나는 지금도 기억할 수 있다. 그것은 내 열여섯 번째 생일이 지나고 나서 이틀 뒤, 하늘이 잿빛으로 흐리고 어두컴컴했던 독일의 겨울날 오후 3시였다. 그때 나는 슈투트가르트에 있던, 마르틴 루터가 신성로마제국 황제이자 스페인 왕 카를 5세 앞에 섰던 해인 1521년에 설립되었고 뷔르템베르크[1]에서 가장 이름 높은 학교인 카를 알렉산더 김나지움에 있었다.

나는 세세한 것들 하나하나까지 다 기억하고 있다. 무거운 책상과 걸상이 있던 교실, 마흔 개의 축축한 겨울 코트에서 풍겨 나는 시큼한 곰팡내, 눈 녹은 물이 고인 웅덩이들, 전에 한때, 그러니까 혁명 이전에 빌헬름 황제와 뷔르템베르크 왕의 초상화가 걸려 있던 자리임을 보여 주는 회색 벽에 남은 누르스름한 선들. 지금도 나는 눈을 감으면 내 급우들의 뒷모습을 볼 수 있다. 그 중 많은 친구들이 나중에 러시아의 대초원이나 알라메인의 사막에서 목숨을 잃기는 했지만. 지금도 나는 평생 아이들을 가르치라는 형을 선고받고 자신의 운명을 슬픈 체념으로 받아들였던 치머만 선생님의 피곤에 절고 환멸에 찬 목소리를 들을 수 있다. 그는 머리칼과 콧

---

1 독일 서남부 슈바벤에 있던 지역. 현재는 바덴 등과 통합되어 바덴뷔르템베르크 주(州)가 되었으며 중심지는 슈투트가르트이다. 이하 모든 주는 옮긴이의 주다.

수염, 뾰족하게 깎은 턱수염이 모두 희끗희끗해져 가는 혈색이 좋지 못한 남자였고, 먹을 것을 찾는 잡종 개 같은 표정을 하고서 코끝에 걸친 코안경 너머로 세상을 내다보았다. 그의 나이는 아마도 쉰을 넘지 않았겠지만 우리에게는 그가 여든은 되어 보였다. 우리는 그가 친절하고 조용했기 때문에, 그에게서 가난의 냄새 — 그의 두 칸짜리 셋집에는 아마 욕실도 없었을 것이다 — 가 났기 때문에, 그가 가을과 긴긴 겨울 동안 누덕누덕 깁고 닳아서 반들거리는 푸른색 양복(그가 가진 다른 하나의 양복은 봄여름용이었다)을 입고 있었기 때문에, 그를 얕잡아 보았다. 그래서 경멸하는 투로, 때로는 힘센 아이들이 떼거리로 힘없고 늙고 무방비인 사람들에게 보이는 그런 비겁한 잔인함으로, 그를 대했다.

날이 어두워지고 있었지만 등불을 켜야 할 만큼 그렇게 어둡지는 않아서 나는 여전히 창문 너머로 수비대 교회를 똑똑히 볼 수 있었다. 그 교회는 19세기 후반에 지어진 볼꼴 사나운 건물이었지만 이제는 납빛 하늘을 꿰뚫은 두 탑이 하얀 눈으로 덮여 아름다워 보였다. 내 고향 도시를 둘러싼 하얀 언덕들도 아름다웠고 그 너머로는 세상이 끝나 신비한 불가사의가 시작되는 것 같았다. 교실 문을 두드리는 소리에 이어 치머만 선생님이 미처 〈들어오세요〉라고 하기도 전에 클레트 교장 선생님이 들어왔을 때, 나는 비몽사몽 중에 졸았다 깨었다 하면서 어떻게든 깨어 있을 셈으로 이따금씩 머리칼을 하나씩 뽑아내고 있었다. 그러나 아무도 그 말쑥한 작은 남자를 보지 않았다. 모두의 눈길이 파이드로스가 소크라테스를 따르듯 그를 따라 들어온 낯선 아이에게로 향하고 있어서였다.

우리는 마치 유령을 보기라도 한 것처럼 그를 쳐다보았다. 무엇보다도 나를, 그리고 아마도 우리 모두를 기죽게 한 것은 그의 자신만만한 태도보다도, 귀족적인 분위기보다도, 은근슬쩍 젠체하는 미소보다도, 그의 우아함이었다. 우리는 모두 옷차림에 관해서라면 처량할 정도로 신경을 쓰지 않았다. 또 우리 어머니들도 대부분은 질기고 오래가는 천으로 만들어진 것이면 무엇이든 학교에 입고 가기에 족하다고 여겼다. 우리는 그때까지 아직 여자아이들에게 별 관심이 없었고, 그래서 우리가 옷보다 더 크게 자랄 때까지 버텨 줄 것이라는 생각으로 구입한 재킷과 짧은 바지 또는 승마용 반바지 같은 기능적이고 오래가는 옷가지들을 걸치는 것에 별 신경을 쓰지 않았다.

그러나 이 소년은 달랐다. 그는 우리들의 옷처럼 빨래집게에서 떼어 낸 게 아닌 것이 분명한, 멋지게 재단해서 주름을 잡은 긴 바지를 입고 있었다. 그의 양복은 비싸 보였다. 헤링본 무늬에 밝은 회색으로 거의 틀림없이 〈보증된 영국제〉였다. 또 연푸른색 셔츠에 작은 흰색 물방울무늬가 박힌 감색(紺色) 넥타이를 매고 있었는데, 우리들 목에 둘린 것은 그와는 대조적으로 더럽고 기름때가 낀 노끈 같은 것이었다. 비록 우리가 우아해지려는 그 어떤 시도든 모두 〈계집애 같다〉고 여겼음을 인정하더라도, 우리는 그의 여유로움과 차이를 부러운 눈으로 보지 않을 수 없었다.

클레트 교장 선생님이 곧장 치머만 선생님에게로 다가가서 귀에다 대고 무슨 말인가를 속삭이고는 우리의 눈길이 새로 전학 온 아이에게 쏠려 있는 사이 눈에 띄지 않게 사라졌다. 그 아이는 긴장하거나 수줍어하는 기색이라고는 없이 미동도 않고 태연하게 서 있었다.

어째서인지 그는 우리보다 나이도 많아 보이고 더 성숙해 보이기도 해서 그저 새로 전학 온 또 다른 아이라고는 믿기가 어려웠다. 만일 그 아이가 들어왔을 때처럼 그렇게 저절로 불가사의하게 사라졌다 해도 우리를 놀라게 하지는 못했을 것이다.

치머만 선생님이 코안경을 콧등 위로 끌어 올리고 피곤한 눈으로 교실을 훑어보다가 바로 내 앞에 있는 빈자리를 보고 — 반 아이들 모두가 놀라게도 — 강단에서 내려와 새로 온 아이와 함께 정해진 자리로 건너갔다. 그런 다음, 절을 할까 말까 망설여지지만 차마 그러지는 못하는 것처럼 고개를 살짝 숙이고는 새로 온 아이를 주시하면서 뒷걸음질로 천천히 돌아갔다. 다시 강단에 올라선 선생님이 그 아이에게 말을 건넸다. 「자, 이제 자네 성과 세례명, 그리고 태어난 날짜와 장소를 알려 주지 않겠나?」

그 아이가 일어섰다. 「그라프 폰 호엔펠스, 콘라딘이라고 합니다.」 그가 자기소개를 했다. 「1916년 1월 19일 뷔르템베르크의 호엔펠스 성에서 태어났고요.」 그러고는 자기 자리에 앉았다.

2

나는 내 또래임에 틀림없는 그 이상한 소년을, 마치 그가 다른 세상에서 오기라도 한 것처럼 뚫어져라 쳐다보았다. 그가 백작이라서가 아니었다. 우리 반에도 이름 중간에 〈폰〉이 들어가는 귀족 집안 출신들이[2] 꽤 있었지만 그 아이들은 나머지 우리들, 그러니까 상인, 은행원, 목사, 재단사 또는 철도 공무원의 아들들과 별다를 것이 없어 보였다. 프라이헤어 폰 갈이라는 가난하고 조그만 녀석은 자식들에게 먹일 마가린이나 근근이

---

2 독일 귀족의 이름에는 작위와 〈폰〉이 붙는다. 그라프*Graf*는 백작, 프라이헤어*Freiherr*와 바론*Baron*은 남작, 프린츠*Prinz*는 왕자 또는 대공, 리터*Ritter*는 기사를 의미한다.

살 수 있는 퇴역 육군 장교의 아들이었고, 바론 폰 발데스루스트의 아버지는 네카어 강변의 빔펜 시(市) 근처에 성을 하나 가지고 있었는데, 그의 조상은 에버하르트 루트비히 공작에게 뭔지 모를 공헌을 한 대가로 작위를 받았다고 했다. 심지어는 프린츠 후베르투스 슐라임-글라임-리히텐슈타인까지도 있었지만, 그 아이는 너무도 멍청해서 왕가의 후손이라는 혈통도 웃음거리가 되는 것을 막아 주지 못했다.

그러나 이번에는 얘기가 달랐다. 호엔펠스는 우리 역사의 일부였으니까. 호엔슈타우펜과 테크, 호엔촐레른 사이에 위치한 그들의 성은 폐허가 되어 성탑들이 파괴되고 헐벗은 산 같은 원뿔꼴의 꼭대기만 남아 있는 것이 사실이었지만 그렇더라도 그들의 명성만큼은 여전히 푸르렀다. 나는 그들의 행적을 스키피오 아프리카누스나 한니발이나 카이사르의 행적 못지않게 잘 알고 있었다. 힐데브란트 폰 호엔펠스는 1190년 소아시아의 빠르게 흐르는 강 칼리카드누스에서 호엔슈타우펜 왕조의 프리드리히 1세, 위대한 바르바로사를 구하려다 사망했다. 그리고 안노 폰 호엔펠스는 호엔슈타우펜 왕조 중에서 가장 당당했던 프리드리히 2세, 즉 〈세계의 경이*Stupor mundi*〉의 친구로서 그가 라틴어로 『새와 함께 사냥하는 기술*De arte venandi cum avibus*』이라는 책을 쓰는 데 도움을 주기도 했었다. 그는 1247년 살레르노에서 황제의 품에 안겨 사망했다. (그의 유해는 여전히 카타니아에 있는, 네 마리의 사자가 떠받친 반암 석관에 안치되어 있다.) 히르샤우 수도원에 묻혀 있는 프리드리히 폰 호엔펠스는 파비아에서 프랑스 왕 프랑수아 1세를 포로로 잡은 뒤 전사했다. 발데마르 폰 호엔펠스는 라이프치히 전투에서 사망했다. 프리츠와 울리히 형제는 1871년 샹피니 전투에서 처음에는 동생이 전사하고, 형은 동생을 안전한 곳으로 옮기려다 목숨을 잃었다. 그리고 또 다른 프리드리히 폰 호엔펠스는 베르됭 전투에서 사망했다.

그런데 이제 여기에, 내게서 단지 몇십 센티미터밖에 떨어지지 않은 곳에, 내가 흘린 눈으로 지켜보는 가운데, 이 걸출한 슈바벤 집안의 구성원이 나와 함께 같은 공간을 공유하며 앉아 있었다. 그의 동작 하나하나 — 반짝반짝 윤을 낸 가방을 여는 방식이며, 희고 티끌 한

점 없는 깨끗한 손(짤막하고 투박하고 잉크 물이 든 내 손과는 너무도 다른)으로 만년필과 화살촉처럼 날카로운 연필들을 늘어놓는 방식이며, 공책을 펼쳤다 덮었다 하는 방식 — 가 내 관심을 끌었고, 그 아이의 모든 것이 내 호기심을 불러일으켰다. 그가 연필을 고를 때 기울이는 주의, 어느 순간에라도 일어나 보이지 않는 군대에 명령을 내려야 되기라도 하듯 앉았다 일어났다 하는 몸동작, 금빛 머리칼을 쓸어 넘기는 손짓 등등 모두가 다. 나는 그가 쉬는 시간을 알리는 종이 울리기를 기다리면서 여느 아이들과 마찬가지로 지루해서 조바심을 낼 때에야 어느 정도 안심이 되었다. 정교하게 새겨진 조각상 같은 그 아이의 당당한 얼굴을 세세히 눈여겨보고 있던 나에 비한다면, 실로 그 어떤 연인도 트로이의 헬레네를 더 열심히 주시하거나 또는 자신의 열등함을 더 확실히 알아차릴 수는 없었을 터였다. 내가 누구이기에 감히 그와 얘기를 할 수 있었을까? 프리드리히 폰 호엔슈타우펜이 안노 폰 호엔펠스에게 보석으로 치장한 손을 내주었을 때 내 조상들은 유럽의 유대인 거주 지역에서 웅크리고 있지 않았던가? 유대인 의

사의 아들, 랍비의 손자이고 증손자이자 하찮은 상인과 가축 장수들의 혈통인 내가 이름만으로도 내 마음을 경외심으로 가득 채운 그 금발 소년에게 무슨 말을 할 수 있었을까?

온갖 영광에 감싸인 그가 어떻게 내 수줍음을, 내 의심스러운 자존심과 상처를 입을까 두려워하는 마음을 이해할 수 있었을까? 그가, 콘라딘 폰 호엔펠스가, 자신감과 세련된 우아함을 그렇게도 원하는 나, 한스 슈바르츠와 공통으로 가진 것이 무엇이었을까?

참으로 이상하게도, 신경이 잔뜩 쓰여서 그에게 말을 걸지 못하는 아이가 나 하나만은 아니었다. 거의 모든 아이들이 다 그런 것 같아 보였다. 거칠고 언행이 난폭하고, 언제든 서로에게 구린내니 왕재수니 소시지니 돼지 상판이니 돼지 새끼니 하는 역겨운 별명을 부를 태세가 되어 있고, 누가 먼저 화를 돋우건 안 돋우건 서로를 이리저리 떠다미는 아이들도 모두 그 아이 앞에서는 조용해져서 쩔쩔맸고 그 아이가 일어나서 어디로든 갈 때마다 길을 비켜 주었다. 다른 아이들도 어떤 마법에 걸려 있는 것처럼 보였다. 만일 나나 다른 어떤 아이가 호엔펠스 같은 차림을 하고 나타났다면 인정사정없는 놀림을 당하고 말았을 것이다. 심지어는 치머만 선생님까지도 그 아이를 방해하기 두려워하는 것 같았다.

그리고 또 다른 것도 있었다. 그 아이의 숙제는 아주 큰 관심을 기울여 고쳐졌다. 치머만 선생님은 내 숙제 여백에다가는 짤막짤막하게 〈잘못 구성되었음〉, 〈이것이 무엇을 의미하지?〉 또는 〈과히 나쁘지 않음〉, 〈좀 더 주의하기 바람〉이라고만 적었던 반면, 그 아이의 숙제는 선생님이 꽤나 긴 시간 동안 가외의 노력을 들였을 것이 틀림없는 충분한 주의와 설명을 곁들여 수정되었다.

그 아이는 혼자 내버려 두어도 상관하지 않는 것 같았다. 아마도 그런 일에 길이 든 모양이었다. 하지만 그렇다고 해서 교만하다거나 허영심이 강하다거나, 또는 일부러 나머지 우리들과는 다르게 보이려는 소망이 있다거나 하는 인상을 준 적은 한 번도 없었다. 그 외에도 그 아이는, 우리와는 달리, 언제나 매우 예의 발랐고 누군가가 말을 걸 때면 항상 미소를 지어 보였고, 누군가가 교실에서 나가고 싶어 할 때는 실제로 문을 열어 붙

잡아 주기도 했다. 그런데도 어째서인지 아이들은 그를 두려워하는 것 같아 보였다. 나는 다만 아이들이 나처럼 수줍어하고 자신을 의식하게 만든 것이 호엔펠스의 신비로움이었다고 상상할 수 있을 뿐이다.

심지어 프린츠와 바론도 처음에는 그를 혼자 있게 두었다. 하지만 그가 전학 온 지 일주일 후, 두 번째 수업 뒤의 쉬는 시간에, 나는 〈집안 좋은〉 아이들 모두가 그에게로 다가가는 것을 보았다. 먼저 프린츠가 그에게 말을 걸었고 다음에는 바론과 프라이헤어였는데, 나는 단지 몇 마디만 알아들을 수 있었다. 「내 이모 호엔로에는」, 「막시가 그러는데」(그런데 막시가 누구더라?). 그 아이들 모두의 귀에 익은 것이 분명한 더 많은 이름들이 나왔다. 그중 몇몇 이름을 말할 때는 평범하게 떠들썩했는데 다른 이름들은 온갖 존경의 표시와 함께, 마치 왕가 사람이 같이 있기라도 한 것처럼, 속삭이다시피 입 밖에 내어졌다. 하지만 이 〈모임〉은 아무 성과도 낳지 못한 것 같았다. 다시 만났을 때 그들은 고개를 끄덕이고 미소를 지으며 몇 마디 주고받기는 했지만 콘라딘은 전처럼 홀로 떨어져 있는 것으로 보였다.

며칠 뒤에는 우리 반의 〈캐비어〉들 차례였다. 로이터, 밀러, 프랑크 세 아이가 그 별명으로 알려져 있었는데 그 이유는 저네들이, 우리들 중에서 단지 저네만이, 세상에 족적을 남길 운명이라는 믿음을 가지고 똘똘 뭉쳐 있었기 때문이었다. 그 아이들은 연극과 오페라를 보러 다녔고, 보들레르와 랭보와 릴케의 시를 읽었고, 편집증과 이드[3]에 대해 얘기했고, 『도리언 그레이의 초상』과 『포사이트 가의 이야기 *The Forsyte Saga*』를, 그리고 물론 저네들끼리도 서로를 칭찬했다. 프랑크의 아버지는 부유한 기업가였는데, 그 아이들은 프랑크의 집에서 정기적으로 한데 모여 몇몇 남녀 배우들, 〈내 친구 파블로〉를 보러 때때로 파리에 다녀오는 화가, 그리고 문학적인 야망과 연줄이 있는 서너 명의 여자들과 어울렸다. 그들은 담배를 피워도 좋다는 허락을 받았고 여배우들을 친근하게 이름으로 불렀다.

그 아이들은 집안 좋은 호엔펠스가 저네 동아리에 하나의 자산이 될 것이라는 결정을 만장일치로 내리고

---

3 정신분석학의 용어 중 하나로, 인간 정신의 본능적이고 원시적인 요소이자 영역.

얼마간은 불안해하면서 그에게 접근했다. 그리고 그중 불안감이 가장 덜한 프랑크가 교실을 나서려는 호엔펠스를 불러 세워 〈우리의 작은 살롱〉이니 뭐니 하고 더듬거리며 시 낭송과, 세속적인 평민들로부터 자신을 방어할 필요에 대해 웅얼거리고 만일 그가 자기네 문학 동아리에 가담한다면 영광일 것이라고 덧붙였다. 그러나 캐비어에 대해서 들어 본 적이 없는 호엔펠스는 예의 바르게 미소를 지어 보이고는 〈지금 현재는〉 엄청나게 바쁘다든가 뭔가 하는 말로 똑똑한 세 아이들을 머쓱하게 만들어 버렸다.

3

내가 콘라딘을 친구로 삼아야겠다고 마음먹은 것이 언제였는지는 정확히 기억이 나지 않지만, 어느 날엔가는 내 친구가 되리라는 것은 믿어 의심치 않고 있었다. 그가 전학을 올 때까지 내게는 친구가 하나도 없었다. 우리 반에는 내 우정의 로맨틱한 이상형을 충족시킬 수 있다고 여겨지는 아이가 하나도 없어서였다. 내가 그를 위해 기꺼이 죽을 수 있는 아이도, 내 완전한 믿음과 충절과 자기희생에 감복할 수 있는 아이도 없었다. 그 아이들 모두가 내게는 얼마간은 투박하게, 평범하고 튼튼하고 창의력 없는 슈바벤 지방 아이들로 보였고, 캐비어 패거리도 예외는 아닌 것 같았다. 물론 대부분의 아이들은 유쾌했고 나는 그 아이들과 잘 지낼 만큼은 잘 지냈다. 하지만 내가 그 아이들에게서 특별히 강렬한 느낌은 받지 못한 것과 마찬가지로 그 아이들도 내게서 별 느낌을 받지 못했다. 나는 그 아이들 집으로 놀러 가본 일이 없었고 그 아이들도 우리 집으로 놀러 온 적이 없었다. 어쩌면 내가 그렇게 냉담했던 또 다른 이유는 그 아이들 모두가 너무도 현실적이어서 이미 저네가 앞으로 어떻게 될 것인지를, 그러니까 변호사, 공무원, 교사, 목사, 은행원 등등이 되리라는 것을 알고 있는 것 같았기 때문이었는지도 모른다. 나 하나만이 아무 생각 없이 막연한 꿈을 꾸었고 더더욱 막연한 소망을 품고 있었다. 내가 알고 있던 것은 단지 여행을 하고 싶다는 것, 그리고 어느 날엔가는 내가 위대한 시인이 되리라는 것뿐이었다.

〈내가 그를 위해 기꺼이 죽을 수 있는 친구〉라고 쓰기 전에 나는 잠시 망설였다. 그러나 30년이 지난 뒤에도 나는 이것이 결코 과장이 아니었으며 내가 친구를 위해 — 그야말로 기뻐하며 — 죽을 준비가 되어 있었다고 믿는다. 독일을 위해 죽는 것이 달콤하고 옳은 일이라고 당연하게 여겼듯, 나는 친구를 위해 죽는 것도 달콤하고 옳은 일이라는 데에 동의했을 터였다. 열여섯 살에서 열여덟 살 사이에 있는 소년들은 때때로 천진무구함을 심신의 빛나는 순결함, 완전하고 이타적인 헌신을 향한 열정적인 충동과 결부시킨다. 그 단계는 짧은 기간 동안에만 지속되는 것이 보통이지만 그 강렬함과 독특함 때문에 우리의 삶에서 가장 귀중한 경험 가운데 하나로 남는다.

4

그때 내가 알고 있던 것은 그가 내 친구가 되리라는 것뿐이었다. 나는 그의 모든 것에 끌렸다. 무엇보다도 먼저 — 나로서는 — 〈집안 좋은〉 아이들을 포함한 다른 모든 아이들과 그를 구분 짓는 영광스러운 이름에 끌렸고(그 당시 내가 마담 뫼니에라는 평범한 이름보다 게르망트 공작 부인이라는 호칭에 더 매혹되었던 것과 똑같이), 다음에는 그의 당당한 자세, 예의 바름, 우아함, 잘생긴 용모에 끌렸다. 그런 것에 아무런 관심도 보이지 않을 수 있는 사람이 과연 누가 있을까? 마침내 나는 내 친구의 이상형에 걸맞은 누군가를 찾아낸 것이었다.

문제는 어떻게 그를 내게로 끌어들이느냐 하는 것이었다. 귀족 집안 아이들과 캐비어 패거리를 점잖지만 단호하게 퇴짜 놓아 버린 그에게 내가 무엇을 줄 수 있었을까? 내가 어떻게 그의 선천적인 자부심과 후천적인 오만함이라는 전통의 장벽 뒤에 참호를 파고 그를 공략할 수 있었을까? 더군다나 그는 혼자 있는 것에, 단지 그래야 할 때만 어울리는 다른 아이들로부터 뚝 떨어져 있는 것에, 만족해하는 것 같았다.

　어떻게 그의 관심을 끄느냐, 내가 그 멍청한 아이들과는 다르다는 사실로 어떻게 그에게 감명을 주느냐, 나만이 그의 친구가 되어야 한다는 것을 어떻게 납득시키느냐 ― 그것이 내가 안고 있던 명확한 답이 없는 문제였다. 내가 본능적으로 알고 있던 것은 돋보여야 한다는 것뿐이었다. 갑자기 나는 교실에서 벌어지는 일들에 새삼스레 관심을 갖기 시작했다. 여느 때 같았으면 나는 질문이나 골치 아픈 문제들로 방해 받지 않고 단조로운 고역에서 나를 해방시켜 줄 종이 울리기를 기다리면서 혼자 백일몽에 잠겨 있는 것에 행복해했다. 내가 같은 반 아이들에게 감명을 주어야 할 특별한 이유가 없었다. 나는 별 어려움 없이도 시험들을 통과하고 있었는데 용을 써야 할 이유가 무엇이었을까? 무슨 이유로 선생님들에게 감명을 주어야 했을까? 걸핏하면 우리에게, 내가 보기에는 그와는 정반대인데도, 공부는 학교를 위한 것이 아니라 인생을 위한 것이라고 하는 그 따분하고 환멸스러운 늙은 선생님들에게?

하지만 이제 나는 현실적이 되어 있었다. 그래서 뭔가 할 말이 있다고 생각될 때마다 벌떡벌떡 일어났다. 나는 『보바리 부인』에 대해 토론했고, 호메로스의 실존 여부를 논의했고, 실러를 깎아내렸고, 하이네를 상업적 여행자들을 위한 시인이라 치부했고, 횔덜린을 독일에서 가장 위대한, 〈괴테보다도 더 위대한〉 시인이라고 치켜세웠다. 이제 와서 돌이켜 보면 그 당시 내가 얼마나 유치했는지 알 수 있지만 분명히 나는 선생님들을 깜짝 놀라게 했고 캐비어 패거리의 주목도 끌었다. 그 결과는 내가 보기에도 놀라웠다. 나를 내놓은 자식 취급했던 선생님들이 갑자기 자기네의 노력이 결국 낭비는 아니었다고, 마침내 자기네가 들인 노력에 보답을 받았다고 느낀 모양이었다. 그들이 새삼스러운 희망으로 감동적인, 거의 연민을 자아내기까지 하는 기쁨을 내보이며 내게로 돌아섰다. 그들은 내게 「파우스트」와 「햄릿」에 나오는 장면들을 번역하고 설명해 보라 했고 나는 기꺼이, 그리고 내가 믿기로는 어느 정도 이해도 하고서, 그 일을 해냈다. 내가 노력을 들이기로 마음먹은 두 번째 일은 체육 시간 동안에 열심히 운동을 하는 것이었다. 그 당시에 — 아마도 요즘에는 달라졌겠지만 — 카를 알렉산더 김나지움 선생님들은 스포츠를 사치로 간주했다. 미국과 영국에서는 일상처럼 되어 있던, 공을 쫓아다니거나 맞히는 일이 우리 선생님들에게는 지식을 함양하는 일에 더 효과적으로 쓰여야 할 귀중한 시간을 끔찍하게 낭비하는 것이라고 여겨졌다. 그들은 일주일에 두 시간쯤 체력을 키우는 것이 넉넉한 정도는 아니더라도 적당하다고 보았다. 우리 체육 선생님은 시끄럽고 거칠고 키가 작은 막스 뢰허, 일명 근육질 막스로 알려진 남자였는데 그는 우리의 가슴과 팔다리 근육을 단시간 내에 자기 뜻대로 최대한 강하게 키우려고 안달이었다. 그런 연유로 그는 국제적으로 악명 높은 세 가지 고문 기구 — 철봉, 평행봉, 안마(鞍馬) —

를 사용했다. 대체로 형식은 체육관 뛰어 돌기, 그다음에는 몸 굽히기와 스트레칭이었다. 그 준비 운동이 끝나면 근육질 막스는 세 가지 기구 중 그가 가장 좋아하는 평행봉으로 건너가서 우리에게 몇 가지 동작을 선보였는데 그것이 그에게는 식은 죽 먹기만큼이나 쉬웠지만 우리들 대부분에게는 지독히도 어려웠다. 대체로 그는 가장 민첩한 아이들 중 하나에게 자기 동작을 따라 해보라고 했고 때로는 나를 지목하기도 했지만 최근 몇 달 동안에는 아이제만 — 과시하기 좋아하고 독일국방군[4] 장교가 되기를 원했던 — 을 더 자주 불러냈다.

이번에는 내가 나서 보기로 마음먹었다. 근육질 막스가 평행봉으로 돌아가 그 아래에서 차렷 자세를 취했다가 양팔을 쭉 펼쳐 올린 다음 우아한 동작으로 펄쩍 뛰어오르며 강철처럼 단단한 손아귀로 봉을 움켜쥐었다. 그러고는 믿을 수 없을 만큼 수월하게 몸이 평행봉에 수평으로 얹힐 때까지 천천히 조금씩 끌어 올렸다. 그다음 그는 오른쪽으로 회전했다가, 양팔을 쭉 펼쳐 처음 자세로 돌아갔다가, 왼쪽으로 회전했다가 또

4 Reichswehr. 1919~1935년 독일군의 명칭.

다시 처음 자세로 돌아갔다. 하지만 다음 한순간 갑자기 그는 무릎으로 매달린 채 양손이 거의 바닥에 닿을 정도가 되어 떨어질 것처럼 보였다. 천천히 그가 몸을 점점 더 빠르게 흔들기 시작해서 평행봉 위의 제자리로 돌아가더니 재빠르고 멋진 동작으로 몸을 공중에 띄웠다가 더없이 가볍게 양쪽 엄지발가락으로 바닥에 사뿐 내려섰다. 그에게는 전문적인 기술이 있어서 그 묘기가 쉬워 보이게 했지만 사실 그 묘기는 정말로 완벽한 조절 능력과 놀라운 균형 감각에 대담함도 요구되는 것이었다. 그 세 가지 요건 중에서 첫 번째와 두 번째는 내게 어느 정도 있었지만 내가 아주 용감했었다고는 할 수 없다. 그래서 흔히 마지막 순간에는 내가 그 묘기를 해낼 수 있을지 의심스러웠다. 나는 여간해서 감히 나서지를 못했고 나섰을 때에도 내가 근육질 막스에 버금갈 정도로 잘하리라는 생각은 아예 하지도 못했다. 그와 나의 차이는 저글링하는 사람이 여섯 개의 공을 허공에 띄우며 놀릴 수 있는 반면 누군가는 용케도 세 개를 띄울 수 있으면 감지덕지하는 정도로 달랐다.

이 특별한 경우에 나는 막스 선생님이 시범을 보이

자마자 앞으로 나서서 그의 눈을 똑바로 쳐다보았다. 그가 잠시 망설이다가 〈슈바르츠〉 하고 나를 호명했다.

나는 천천히 평행봉으로 가서 차렷 자세를 취하고 뛰어올랐다. 내 몸이 조금 전의 그처럼 평행봉에 얹히자 나는 주위를 둘러보았다. 내가 미끄러져 떨어질 경우에 대비해 아래에 서 있는 막스 선생님이 보였다. 아이들이 입을 다물고 나를 지켜보았다. 나는 호엔펠스를 바라보았다가 그의 눈길이 내게 고정되어 있는 것을 보고 몸을 왼쪽에서 오른쪽, 오른쪽에서 왼쪽으로 끌어 올린 다음 무릎으로 평행봉에 매달려 1초쯤 몸을 앞뒤로 흔들었다. 겁은 전혀 나지 않았고 투지와 욕망만이 있었다. 나는 호엔펠스를 위해 그 일을 할 셈이었다. 다음 순간 나는 몸을 똑바로 들어 올리고 평행봉 위로 솟구쳐 올라 허공을 날아서 —— 쿵!

마침내 나는 양발을 딛고 섰다.

소리를 죽여 낄낄거리는 소리가 좀 들렸지만 그래도 몇몇은 박수를 쳐주었다. 그 아이들은, 그중 일부는 그렇게 나쁜 녀석들은 아니었다.

멈춰 선 나는 그를 바라보았다. 그가 낄낄거리지 않

았다는 것은 말할 필요도 없는 일이다. 그는 박수를 치지는 않았다. 하지만 그렇더라도 나를 보고 있었다.

며칠 뒤 나는 그리스 시대의 동전들을 몇 개 가지고 학교로 갔다. 열두 살 때부터 동전을 수집해 오고 있던 터였으니까. 그러고는 코린토스의 은화, 지혜의 여신 아테나의 상징인 부엉이가 새겨진 동전, 알렉산드로스 대왕의 두상이 새겨진 동전을 꺼내어 콘라딘이 그의 자리로 다가오기 무섭게 확대경으로 동전들을 관찰하는 척했다. 그는 동전들을 들여다보는 나를 보았고, 내가 기대했던 대로 그의 자제심이 호기심에 밀리고 말았다. 그가 내게 자기도 그 동전들을 좀 볼 수 있겠느냐고 물었다. 동전들을 다루는 그의 손길에서 나는 그가 거기에 대해 뭔가 알고 있다는 것을 알 수 있었다. 수집가답게 사랑스러운 물건들을 어루만지는 방식이며 감식력 있게 찬찬히 살펴보는 눈길만 보아도 그랬다. 그는 내게 자기도 동전을 수집한다고, 하지만 부엉이 동전은 있어도 알렉산드로스 두상 동전은 없다고 했다. 또 내게는 없는 몇 가지 동전을 가지고 있다고도 했다.

그 대목에서 선생님이 들어오는 바람에 이야기가 끊

겼고, 10시에 쉬는 시간이 되었을 때 콘라딘은 흥미를 잃어버린 듯 내게 눈길도 주지 않고 교실에서 나가 버렸다. 그렇더라도 나는 행복했다. 그가 내게 말을 건 것은 그때가 처음이었고 나는 그와의 대화가 그것으로 마지막이 되게는 하지 않겠다고 마음을 굳혔다.

5

그로부터 사흘 뒤인 3월 15일 — 나는 그 날짜를 언제까지고 기억할 터였다 — 나는 학교에서 집으로 돌아가고 있었다. 부드럽고 서늘한 봄날 늦은 오후였다. 아몬드 나무들이 꽃을 활짝 피우고 크로커스들이 싹을 틔운 가운데, 북쪽 하늘은 이탈리아의 하늘 같은 색조를 띠어 대청색과 해청색으로 물들어 있었다. 앞쪽에 있는 호엔펠스가 눈에 들어왔는데 그는 머뭇머뭇 누군가를 기다리고 있는 것처럼 보였다. 나는 그를 앞지르기가 뭣해서 걸음을 늦췄지만 멈춰 서지는 않고 계속 걸었다. 그러지 않는다면 우스꽝스러워 보일 수도 있었고 그가 내 머뭇거림을 오해할 수도 있었다. 내가 그

를 거의 따라잡았을 때 그가 돌아서더니 내게 미소를
지어 보였다. 그러고는 어색하고 서툴게, 여전히 머뭇
거리는 동작으로 내 떨리는 손을 잡아 흔들었다. 「안
녕, 한스.」 그가 인사를 건넸고 별안간에 나는 밀려오
는 기쁨, 안도감, 놀라움과 함께 그 역시 나처럼 수줍음
이 많고 친구를 필요로 한다는 사실을 알아차렸다.

　나는 그날 콘라딘이 내게 무슨 말을 했고 내가 그에
게 무슨 말을 했는지 많은 것을 기억하지는 못한다. 내
가 아는 것은 다만 우리가 젊은 두 연인처럼 한 시간쯤
길을 따라 오르내렸고 그러면서도 여전히 불안해하며
서로를 어려워했다는 것이다. 하지만 어째서인지 나는
그것이 겨우 시작일 뿐이며 이제부터는 내 삶이 더 이
상 공허하거나 따분하지 않고 우리 둘 모두에 대한 희
망과 풍요로 가득 차게 되리라는 것을 알았다.

　마침내 그와 헤어진 후 나는 집까지 내내 달렸다. 큰
소리로 웃고 혼잣말로 떠들어 대고 하면서. 나는 소리
높여 외치고 노래를 부르고 싶었다. 그리고 우리 부모
에게 내가 얼마나 행복한지, 내 모든 삶이 어떻게 바뀌
었는지, 이제부터 나는 더 이상 거지가 아니라 크로이

소스[5]처럼 부자라고 떠들어 대지 않고는 못 배기리란 것도 알았다. 다행히도 우리 부모는 일에 너무 매여서 내 변화를 알아채지 못했다. 그들은 내 침울하고 따분해하는 표정, 에둘러 피하는 대답, 그들이 소년에서 어른으로 넘어가는 불가사의한 과도기와 〈성장통〉 때문이라고 치부해 버린 내 기나긴 침묵에 익숙해져 있었다. 때때로 어머니는 내 방어막 안으로 들어오려 했고 한두 번은 내 머리를 쓰다듬으려고도 했지만 내 고집스럽고 반응도 보이지 않는 태도에 낙담해서 오래전에 그러기를 그만두었다.

나중에 흥분이 가라앉자 나는 다음 날 아침이 두려워 잠을 제대로 이루지 못했다. 혹시라도 그가 나를 이미 잊어버렸거나 자기가 굽히고 든 것을 후회한다면? 그 일이 내가 그를 얼마나 친구로 삼고 싶어 하는지를 그에게 알려 주기만 한 실수였다면? 내가 좀 더 조심스럽고 좀 더 자제해야 하지 않았을까? 혹시라도 그가 자기 부모에게 내 이야기를 하자 그들이 유대인 아이와는

5 Kroisos(B.C. 595~B.C. 546?). 기원전 6세기 리디아 최후의 왕이며 막대한 재산으로 유명하다.

어울리지 말라고 다짐을 두기라도 했다면? 그래서 나는 혼자 속을 끓이다가 마침내는 불안한 잠 속으로 빠져들었다.

6

하지만 내 두려움은 결국 모두 근거 없는 것이었다. 내가 교실로 들어서자마자 콘라딘이 곧장 내게로 다가와서 내 옆에 앉았으니까. 나를 보고 기뻐하는 그의 모습이 정말로 진실되고 명백해서 타고나기를 의심 많은 나였음에도 모든 두려움이 다 사라졌다. 그의 말로 미루어 보건대 그는 간밤에 아주 잘 잤고 내 진정성을 단 한순간도 의심하지 않았다는 것이 분명해서 나는 그를 조금이라도 의심했던 것이 창피스러웠다.

그날부터 우리는 떼려야 뗄 수 없는 사이가 되어 언제나 학교를 같이 나섰고 우리 둘의 집이 같은 방향이어서 아침마다 그가 나를 기다렸다. 반 아이들은 처음

엔 놀랐다가 이내 우리의 우정을 당연한 일로 받아들였다. 나중에 우리에게 카스토르와 폴라크[6]라는 별명을 붙인 볼라허와, 우리를 떼어 놓으려고 들었던 캐비어 패거리만 제외하고는.

다음 몇 달 동안은 내 삶에서 가장 행복한 나날들이었다. 봄이 와서 온 천지가 벚꽃과 사과꽃, 배꽃과 복숭아꽃이 흐드러지게 어우러진 꽃들의 모임이 되었고 미루나무들은 그 나름의 은빛을, 버드나무들은 그 나름의 담황색을 뿜냈다. 슈바벤의 완만하고 평온하고 푸르른 언덕들은 포도밭과 과수원들로 덮이고 성채들로 왕관이 씌워졌다. 그리고 높다란 박공식 공회당이 있는 작은 중세 마을이며 그런 마을의 분수대들. 기둥 위에서 물을 내뿜는 괴물들에 둘러싸인 그 분수들은 뻣뻣하고 우스꽝스럽게 중무장을 하고 수염을 기른 슈바벤의 공작들이나 경애하는 에버하르트, 폭군 울리히 같은 이름을 지닌 백작들의 조각상을 내려다보고 있었다. 네

---

6 카스토르Castor와 폴룩스Pollux는 그리스·로마 신화에 등장하는 쌍둥이이자 쌍둥이자리 별의 이름인데, 폴란드 유대인을 비하하는 표현인 폴라크Pollack로 바꾼 것이다.

카어 강은 버드나무가 심어진 섬들을 돌아 유유히 흘렀고 그 모든 것에 평화로움과 현재에 대한 믿음과 미래에 대한 희망의 느낌이 배어 있었다.

토요일이면 콘라딘과 나는 완행열차를 타고 나가 육중한 나무로 지어진 수많은 오래된 여관들 중 한 곳에서 하룻밤을 보냈고 그런 곳에서는 헐한 값에 깔끔한 방, 훌륭한 음식과 그 지역의 와인을 구할 수 있었다. 때때로 우리는 검은 숲에 가기도 했다. 호박 빛깔 수지(樹脂)와 버섯 냄새를 풍기는 짙은 색 나무들 사이로 송어 개울이 흐르고, 그 둑에는 목재소들이 늘어서 있었다. 또 때로는 먼먼 산꼭대기까지 돌아다니며 저 멀리서 푸르스름하게 급류로 흐르는 라인 강 계곡과 프랑스 동북부의 희푸른 보주 산맥과 스트라스부르 대성당을 바라보기도 했다. 아니면 네카어 강이 이처럼 우리를 유혹하기도 했다.

이탈리아의 전령인 부드러운 미풍이여
그 모든 미루나무와 함께하는 사랑스러운 강이여[7]

7 횔덜린의 시 「귀향Rükkehr in die Heimath」의 일부.

아니면 도나우 강이 이렇게 유혹을 했다.

하얗고 빨간 꽃을 활짝 피운 나무들,
검푸른 잎사귀들로 덮인
야생의 더 짙은 나무들과 함께하나니[8]

때때로 우리는 일곱 개의 사화산들, 또는 모든 호수들 중에서 가장 꿈결 같은 호수인 보덴 호수가 있는 헤가우를 택하기도 했다. 한번은 호엔슈타우펜과 테크와 호엔펠스로 가기도 했었고. 하지만 그 성채들의 돌 하나 남아 있지 않았고 십자군이 비잔티움과 예루살렘으로 따라갔던 길을 표시하는 그 어떤 흔적도 없었다. 조금 떨어진 곳에는 횔덜린-히페리온,[9] 우리가 가장 사랑하는 시인이 그의 생에서 36년을 신들에 의해 휴거되어 정신을 잃은 상태로 보낸 튀빙겐이 있었다. 횔덜린의 집, 그의 온화한 감옥이었던 탑을 내려다보며 우리는

---

8 횔덜린의 시 「방랑Die Wanderung」의 일부.
9 횔덜린은 『히페리온Hyperion oder Der Eremit in Griechenland』이라는 소설을 썼다.

좋아하는 시를 낭송하곤 했다.

노란 배들이 매달리고

들장미 가득 심긴

땅이 호수에 비치니.

너희 고귀한 백조들은

키스로 물을 마시며

신성하고 냉철한 물 속에

네 머리를 담그누나.

아아, 나는 어디에서 이 겨울에

꽃들을 찾을 수 있을 거나

또 햇빛과 지상의 그림자는

어디에서 찾을 수 있을 거나.

깃발들이 덜컹거리는

바람 속에서 벽들은

말 없이 차갑게 서 있는데.[10]

10 횔덜린의 시 「반평생Hälfte des Lebens」.

7

그렇게 하루하루가 지나갔고 그 무엇도 우리의 우정을 방해하지 못했다. 우리의 마법 영역 바깥에서는 정치적으로 불안하다는 소문이 흘러들고 있었지만 태풍의 중심 ─ 나치스와 공산주의자들 사이의 충돌이 보도되는 베를린 ─ 은 멀리 떨어진 곳에 있었다. 때때로 대수롭지 않은 사건들 ─ 벽에 나치의 하켄크로이츠 표식이 나타났다든가 유대계 시민이 괴롭힘을 당했다든가 공산주의자들이 두들겨 맞았다든가 하는 ─ 이 일어났던 것은 사실이었지만 삶은 대체로 평상시처럼 계속되어 슈투트가르트는 언제나 그래 왔듯이 평온하고 합리적인 곳으로 보였다. 레스토랑과 오페라 극장,

노천카페도 사람들로 넘쳐 났다. 날씨는 더웠고 포도
덩굴에는 포도송이들이 잔뜩 매달렸고 사과나무들은
익어 가는 열매의 무게에 처져 아래로 늘어지기 시작했
다. 사람들은 여름휴가를 어디로 갈 것인지에 대해 이
야기했고 우리 부모는 스위스를 입에 올렸다. 콘라딘
은 내게 자기는 부모와 함께 시칠리아로 갈 예정이라
고 했다. 걱정할 거리는 아무것도 없는 것 같았다. 정치
는 어른인 사람들의 관심사였고 우리에게는 우리 나름
대로 풀어야 할 문제들이 있었다. 그리고 우리가 생각
하기에 가장 시급한 문제는 어떻게 하면 삶을 가장 잘
활용할 수 있을지 배우는 것이었고 이것은 삶에 어떤
목적이 있는지, 과연 있기나 한지, 또 이 놀랍고 헤아릴
수 없는 우주에서 인간의 조건이 무엇일지 알아내는 것
과는 전혀 별개의 것이었다. 우리에게는 히틀러니 무솔
리니니 하는 덧없고 우스꽝스러운 인물들보다 훨씬 더
중요한, 진정하고도 영원한 의의라는 문제가 있었다.

그때 우리 둘 모두를 뒤흔들고 내게 엄청난 영향을
미친 어떤 일이 일어났다.

그때까지 나는 전지전능하고 자비로운 하느님, 우주

를 창조한 분의 존재를 당연한 것으로 받아들이고 있었다. 아버지는 내게 종교에 대해서는 일언반구도 하지 않고 내가 좋을 대로 믿도록 놓아두었다. 언젠가 나는 귓결에 아버지가 어머니에게 하는 말을 들은 적이 있었다. 그때 아버지는 당대의 증거들이 부족하다고는 해도 유대인들에게 윤리와 지혜와 관용을 가르친 스승으로서, 그리고 예레미야나 에스겔 같은 예언자로서 예수가 역사적으로 존재했음은 믿지만 어떻게 해서 그 예수를 〈하느님의 아들〉이라고 여길 수 있는지는 도무지 이해가 가지 않는다고 했다. 아버지는 십자가에서 천천히, 고통스럽게 죽음을 맞는 당신의 아들을 수동적으로 지켜볼 수밖에 없었던 전능한 하느님, 자신의 아들을 도우러 가려는 갈망이 인간 아버지만도 못한 〈성부〉라는 개념을 불경스럽고 역겨운 것으로 보았다.

그렇더라도, 아버지가 예수의 신격을 부정하는 말을 입 밖에 냈다고는 해도, 내 생각에 아버지의 견해는 무신론적이라기보다는 불가지론적이었고 만일 내가 기독교도가 되기를 원했더라도 ── 그 문제에 있어서라면 설령 불교도가 되기를 원했더라도 마찬가지로 ── 반대하지 않았을 터였다. 그러나 다른 한편, 내가 어느 종파의 수도사가 되려고 했다면 아버지는 그러지 못하도록 말리려고 했을 것이 틀림없다고 믿는다. 왜냐하면 아버지는 수도원에서의 명상적인 삶을 비합리적이고 낭비라고 여겼기 때문이다.

어머니에 대해서 말하자면, 어머니는 어중간한 상태로 있는 것에 꽤나 만족해하며 떠도는 것 같았다. 그래서 속죄일에는 유대교 회당으로 갔지만 크리스마스에는 「고요한 밤 거룩한 밤」노래를 부르곤 했다. 어머니는 폴란드의 유대인 아이들을 돕기 위해서는 유대인들에게, 그리고 유대인들의 기독교 개종을 위해서는 기독교도들에게 돈을 기부하곤 했다. 내가 어렸을 적에 어머니는 내게 간단한 기도를 몇 가지 가르쳐 주었는데, 내가 아버지와 어머니, 그리고 우리 암고양이에게 착하게 굴도록 하느님에게 도와 달라고 비는 기도였다. 그 정도가 다였다. 아버지와 마찬가지로 어머니에게도 어느 종교든 필요치 않은 것 같았지만, 부지런하고 다정하고 너그러운 어머니는 당신의 아들이 틀림없이 자기네의 예를 따를 것이라 믿고 있었다. 그래서 나는, 신에 관해서라면 나 스스로 내 생각대로 하도록 남겨진 채, 전지전능하고 자비로운 창조주가 있는지, 이 세상이 우주의 유일무이한 중심인지, 우리 유대인과 기독교도들이 과연 하느님의 사랑하는 자식들인지를 깊이 믿지도 않고 심각하게 의심도 하지 않으며 유대인과 기독교도들 사이에서 자라났다.

이제 우리의 이웃은 열두 살 난 아들과 일곱 살, 네 살 난 두 딸을 둔 바우어 씨 부부였다. 나는 그들을 잘 알지는 못했지만 — 아이들이 나하고 같이 놀기에는 너무 어렸으므로 — 보아서 알고 있었고 때로는 얼마쯤 부러움이 담긴 눈으로 그 부모와 아이들이 정원에서 어떻게 뛰어노는지를 지켜보기도 했다. 지금도 나는 그 아버지가 그네에 앉아 있는 어린 딸들 중 하나를 어떻게 밀어 주었는지, 아이의 하얀 드레스와 불그스름한 머리칼이 어떻게 새로 돋아난 연푸른색 사과나무 잎사귀들 사이로 빠르게 움직이는 촛불처럼 보였는지를 생생히 기억하고 있다.

어느 날 밤, 부모는 외출을 하고 가정부는 심부름을 갔을 때, 그 목조 주택이 맹렬하게 타오르는 불길에 휩

싸였다. 소방차들이 당도하기도 전에 아이들이 불에 타 죽고 말았다. 나는 불이 난 것을 보지도, 가정부와 어머니의 비명 소리를 듣지도 못했다. 단지 다음 날 시 커멓게 그을린 벽과 타버린 인형들, 뒤틀린 나무에 뱀 처럼 매달려 있는 숯이 된 그네 줄을 보았을 때 그 이야 기를 들었을 뿐이었다.

그 일은 전에 그 어떤 일로도 겪어 보지 못한 엄청난 충격으로 나를 뒤흔들어 놓았다. 나는 수천 명을 빨아 들인 지진, 마을들을 묻어 버린 불타는 용암의 흐름, 섬 들을 삼켜 버린 대양의 파도에 관한 이야기를 들어 본 적이 있었다. 황하가 범람해 백만 명의 사람들이 죽었 다거나 2백만 명이 양쯔 강에 빠져 죽었다는 이야기를 읽은 적도 있었다. 수많은 군인들이 베르됭 전투에서 전 사했다는 것도 알고 있었다. 하지만 그런 것들은 그저 추상적인 이야기 — 숫자, 통계, 정보였다. 한 사람이 백만 명을 위해 고통스러워할 수는 없는 노릇이었다.

하지만 그 세 명의 아이들, 내가 알고 있었고 내 눈으 로 보았던 그 아이들은 완전히 다른 이야기였다. 그 아 이들이 무슨 짓을 했기에, 그 가여운 어머니와 아버지가 무슨 짓을 했기에 그런 일을 당해야 했을까?

내가 보기에 가능성은 단 두 가지뿐이었다. 하느님이라고는 없든지, 만일 있다면 힘이 있는데 극악무도하거나 힘이 없어서 쓸데없는 하느님이거나. 나는 자비로운 창조주에 대한 모든 믿음을 마지막 하나까지 깡그리 버렸다.

나는 내 친구에게 열정적이면서도 절망적인 목소리로 토해 내듯 그 일을 이야기했다. 하지만 엄격한 신교도적 믿음 속에서 자란 콘라딘은 내 말을, 그 당시 내게는 유일하게 가능한 논리적 귀결을 받아들이지 않았다. 성부라고는 존재하지 않거나, 만일 존재한다면 인류를 위해 눈 하나 깜짝 않고 따라서 어느 이교도의 신이나 마찬가지로 아무 쓸모도 없다는 결론 말이다. 다만 그는 벌어진 일이 끔찍하다는 것과 그 일에 대해 어떤 설명도 찾아낼 수 없다는 데에는 동의했다. 하지만 그러면서도 어딘가에는 틀림없이 어떤 답이 있을 것이라고, 다만 우리가 너무 어리고 경험이 없어서 그 답을 찾지 못하는 것일 뿐이라고 주장했다. 그런 재난은 수백만 년 동안 계속 일어났으며 우리보다 훨씬 더 지혜

롭고 똑똑한 사람들, 목사들, 주교들, 그리고 성인들이 그런 문제를 논의해 설명을 찾아냈고, 그러니까 우리는 그들의 우월한 지혜를 받아들여 겸손하게 복종해야 한다는 것이었다.

나는 그에게 온통 사기꾼인 그 늙은이들이 뭐라고 했건 상관하지 않는다고, 그 무엇으로도 어린 두 소녀와 한 소년이 불에 타 죽은 것을 설명하거나 변명할 수 없다고 하면서 그의 말 모두를 맹렬하게 반박했다. 「너 그 애들이 불타는 건 차마 못 보겠지?」 내가 절망적으로 소리쳤다. 「그 애들의 비명 소리도 못 듣겠지? 그러면서도 네가 두둔을 하고 나서는 건 하느님 없이 살 수 있을 만큼 용감하지가 못해서야. 힘도 없고 연민도 없는 하느님이 너나 내게 무슨 소용이지? 구름 속에 앉아서 말라리아, 콜레라, 기근, 전쟁에 눈감아 버리는 하느님이?」

콘라딘은 자기가 직접 합리적인 설명을 해줄 수는 없지만 자기 교회 목사에게 물어보겠다고 했고, 며칠 뒤 확신을 가지고 돌아왔다. 목사에게서 내가 그에게 했던 말은 학생의 미성숙하고 제대로 배우지 못한 마음에서 나온 분출이며 그런 불경스러운 신성모독에는 귀 기울이지 말라는 말을 들었다는 것이었다. 그는 목사가 자기의 모든 질문에 충분하고도 만족스러운 대답을 해주었다고 했다.

하지만 목사가 충분히 명확하게 설명을 해주지 못했는지, 아니면 콘라딘이 그 설명을 제대로 이해하지 못했는지, 어쨌건 간에 그는 내게 명확한 설명을 하지 못했다. 그는 내게 악에 대해서, 추악함이 없이는 아름다움도 없듯이, 우리가 선의 진가를 알려면 악이 필요하다고 이야기했지만 나를 납득시키지는 못했고 우리의 대화는 교착 상태로 끝났다.

공교롭게도 내가 처음으로 광년이며 성운과 은하에 대해서, 우리의 태양보다 수천 배 더 큰 별들에 대해서, 수백만 혹은 수십억의 별들에 대해서, 화성이나 금성, 목성, 토성보다 수천 배 더 큰 행성들에 대해서 읽은 것이 바로 그 무렵이었다. 또 내가 처음으로 나는 한 점 티끌이며 우리 지구는 수백만 개의 조약돌이 널린 바닷가에서 하나의 조약돌에 지나지 않는다는 것을 분명히 알게 된 것도 그 무렵이었다. 그것이 내가 궁구해 보아야 할 문제들이었고, 하느님이라고는 없다는 내 믿음 ─ 그가 어떻게 그처럼 많은 천체에서 일어나는 일들에 관심을 둘 수 있을까? ─ 을 강화하는 데 도움이 되었다. 그리고 그 새로운 발견은 아이들의 죽음이라는 충격과 결합되었고, 완전한 절망의 시기가 지난 뒤에는 강렬한 호기심으로 이끌렸다. 이제 가장 중요한 문제는 더 이상 삶이 무엇이냐가 아니라 이 가치 없으면서도 어떻게 해서인지 유일하게 가치 있는 삶을 어떻게 해야 하느냐인 것 같았다. 삶을 어떻게 살아야 할까? 무슨 목적을 위해? 우리 자신의 이익만을 위해? 인류의 이익을 위해? 어떻게 해야 이 잘 안 되는 일을 가장 잘 할 수 있을까?

우리는 그 모든 의문점들을 거의 매일같이 논의했다. 슈투트가르트의 거리들을 엄숙하게 오르내리거나 때로는 밤하늘에 떠 있는 베텔게우스[11]와 알데바란[12]을 올려다보기도 하면서. 그러면 그 별들은 수백만 광년 떨어진 곳에서 조롱하듯 차갑게 깜빡이는 뱀의 눈처럼

11 오리온자리의 알파 별이자 오리온자리에서 두 번째로 밝은 별.
12 황소자리의 알파 별이자 황소자리에서 가장 밝은 별.

우리를 내려다보았다.

하지만 그것은 우리가 철저하게 논의하던 주제들 중한 가지일 뿐이었다. 세속적인 관심사도 있었고 그런 것들이 수백만 년 뒤에나 올 지구의 종말이라든가 그 당시 생각으로는 지구의 종말보다 나중에 올 것 같았던 우리 자신의 죽음보다 훨씬 더 중요해 보였다. 우리의 공통적인 관심사는 책과 시, 우리가 예술에서 찾아낸 것, 후기 인상파와 표현주의, 연극과 오페라에 있었다.

우리는 여자애들에 대해서도 이야기했다. 세상 물정에 밝고 번드르르한 요즘 청소년들의 기준에 비추어 본다면 우리의 태도는 믿을 수 없을 만큼 순진했다. 우리에게는 여자애들이 굉장한 순결함을 지닌 우월한 존재, 음유 시인들이 다가가듯 기사도적인 호의를 품고 멀찌감치 떨어져서 숭배하듯 다가가야만 하는 존재였다.

나는 아는 여자애들이 별로 없었다. 10대인 두 사촌 여자애들을 집에서 때때로 보기는 했지만 그 애들은 안드로메다나 안티고네하고는 닮은 데가 눈곱만큼도 없는 멍청하고 따분한 것들이었다. 내가 그 애들을 기억하는 이유는, 한 애는 초콜릿 케이크를 멈출 줄 모르고

퍼먹었기 때문이고 다른 한 애는 내가 나타나기만 하면 꿀 먹은 벙어리가 되는 것 같았기 때문이다. 콘라딘은 나보다는 운이 좋았다. 적어도 그는 그레핀 폰 플라토니 바로네세 폰 헹켈 돈네르스마크니 하는 멋진 이름을 가진 여자애들을 만났고[13] 심지어는 잔 드 몽모랑시라고 하는, 그가 내게 고백하기로는 꿈에도 몇 번 나타났다는 여자애까지도 만났으니까.

학교에서는 여자애들 이야기가 별로 오가지 않았다. 그것이 우리(콘라딘과 나)의 느낌이기는 했어도 우리 모르게 온갖 이야기들이 오가기는 했을 것이다. 왜냐하면 우리 둘은 캐비어 패거리와 마찬가지로 우리끼리만 뚝 떨어져 지냈으니까. 하지만 지금 돌이켜 생각해보아도 저네의 모험담을 자랑스럽게 떠벌린 애들을 포함해서 남자애들 대부분이 여자애들을 얼마만큼은 겁냈던 것 같다. 그때 그 시절에는 섹스를 안방으로까지 가져다주는 텔레비전이라는 것이 없었으니까.

하지만 나는 우리의 순진함, 우리가 함께했던 삶의

13 그레핀*Gräfin*은 백작의 부인 또는 딸, 바로네세*Baronesse*는 남작의 딸을 의미한다.

한 단면으로 언급했을 뿐인 그런 순진함의 미덕을 평가하려는 것은 아니다. 내가 우리의 주된 관심사와 슬픔, 기쁨, 그리고 문제점들을 열거함으로써 하고자 하는 것은 우리의 심리 상태를 다시 포착해서 함께 나누려는 것이다.

우리는 문제점들을 다른 사람의 도움을 받지 않고 스스로 풀어 보려고 했다. 부모와 상의해 본다는 생각은 아예 떠오르지도 않았다. 우리가 믿기로 그들은 다른 세계에 속해 있었고 우리를 이해하지 못하거나 진지하게 받아들이지 않을 터였다. 우리는 여간해서 부모 이야기를 하지 않았다. 그들은 성운만큼이나 멀리 떨어져 있고, 너무 어른이었고, 이런저런 관습으로 너무 딱딱하게 굳어져 있었다. 콘라딘은 우리 아버지가 의사라는 것을 알고 있었고 나도 콘라딘의 아버지가 전에 터키와 브라질 대사를 지낸 사람이라는 것을 알고 있었지만 우리는 더 알고 싶어 하는 호기심을 보이지 않았다. 그것이 아마도 우리가 서로의 집으로 놀러 가본 적이 그때까지 한 번도 없었던 이유였을 것이다. 우리의 대화는 대부분 길거리를 오가는 중에 벤치에 앉아서 아니면 비를 피하려고 들어선 처마 밑 문간에 서서 오간 것들이었다.

어느 날 우리 둘이 우리 집 바깥쪽에 서 있었을 때 콘라딘이 내 방, 내 책들, 내 수집품들을 본 적이 없다는 생각이 떠올랐고 그래서 나는 그에게 — 앞뒤 생각 없이 얼결에 — 불쑥 한 마디 던졌다. 「들어와 보지 않을래?」

그는 예기치 못했던 내 초대에 잠시 망설였지만 마침내 나를 따라 들어왔다.

8

우리 부모의 집은 그 지역에서 나는 돌로 지어진 아담한 빌라로 벚나무와 사과나무가 가득 들어찬 작은 정원 안에 세워져 있었다. 이 근방에서는 슈투트가르트의 회엔라게[14]라고 알려진 곳이었다. 유복하고 부유한 중산층의 집들이 있는 곳으로, 독일에서 가장 아름답고 번창한 도시 중 하나였다. 언덕과 포도밭으로 둘러싸인 그곳은 폭이 아주 좁은 계곡에 위치했기 때문에 평지에 나 있는 길은 몇 개밖에 없었다. 그 길들도 대부분 슈투트가르트의 중심가인 쾨니히슈트라세를 벗어나자마자 언덕으로 올라가기 시작했다. 언덕에서 내려다보

14 Höhenlage. 독일어로 〈지대가 높은 곳〉이라는 뜻.

이는 경치는 실로 기가 막혔다. 수천 채의 빌라들, 오래되었거나 새로 지어진 저택들, 주교구 성당, 오페라 극장, 박물관들과 왕립 공원들. 슈투트가르트 사람들이 네카어나 라인산 와인을 마시고 송아지고기와 감자 샐러드, 얇게 저며서 튀긴 살코기, 보덴 호수에서 잡은 연어, 검은 숲에서 잡은 송어, 자우어크라우트[15]를 곁들인 뜨거운 간과 선지, 월귤을 곁들인 노루 등심, 베아르네즈 소스로 요리한 투르느도,[16] 그리고 무엇인지 아무도 모를 그 밖의 엄청나게 많은 음식들에 이어 크림이 얹힌 갖가지 케이크들을 마음껏 골라 배를 채우며 무더운 여름날 오후를 보낼 수 있도록 커다란 테라스가 딸린 레스토랑들도 어디에나 있었다. 만일 사람들이 음식에서 눈을 들어 위쪽을 올려다본다면 나무와 월계수 덤불 사이로 몇 킬로미터씩 뻗어 나간 숲들을, 그리고 절벽이며 성채들, 미루나무들, 포도밭과 오래된 도시들 사이를 유유히 흘러 하이델베르크와 라인 강을 거쳐 북해로 빠져나가는 네카어 강을 볼 수 있었다. 밤이 내

15 소금에 절인 양배추를 발효시킨 독일 요리.
16 소의 연한 안심살 가운데 부분을 쓴 스테이크.

리면 경치는 피렌체의 피에솔레에서 내려다보는 것 같았다. 수천 개의 불빛들, 재스민과 라일락 향기가 실린 따뜻하고 상쾌한 바람, 사방에서 들려오는, 너무 많은 음식으로 졸려 하거나 너무 많은 술로 정열에 취해 만족스러워하는 시민들의 이야기 소리와 노랫소리와 웃음소리로 마법에 홀린 듯했다.

아래쪽의 무더운 시내에서는 풍요로운 유산을 남긴 슈바벤 사람들을 떠올려 주는 거리 이름들이 있었다. 횔덜린, 실러, 뫼리케, 울란트, 빌란트, 헤겔, 셸링, 다비트 프리드리히 슈트라우스, 헤세 같은 것들이었다. 그런 이름들이 시민들에게 뷔르템베르크 밖에서의 삶은 여간해서 살 만한 가치가 없으며 바이에른 사람이건 작센 사람이건 그 누구도, 특히 프로이센 사람들은, 자기네의 발뒤꿈치도 못 따라온다는 확신을 심어 주었다. 그런데 이 자만심은 아주 엉터리없는 것만은 아니었다. 인구가 채 백만도 안 되는 이 도시에 맨체스터나 브링엄, 보르도나 툴루즈보다 더 많은 오페라 하우스와 극장, 더 훌륭한 박물관과 더 풍요로운 수집품들이 있었고 시민들은 더 충만한 삶을 영위하고 있었으니까.

이 도시는 왕이 없더라도 여전히 수도, 번영하는 소도시들과 상수시, 몽르포 같은 이름을 가진 성들, 호엔슈타우펜과 테크, 호엔촐레른, 그리고 검은 숲과 보덴 호수, 마울브론 수도원과 보이론 수도원, 츠비팔텐과 네레스하임, 비르나우의 바로크 양식 교회들에 둘러싸인 수도였다.

9

우리 집에서는 우리보다 더 잘사는 집 주인들이 경치를 제대로 다 볼 수 있는 빌라의 정원과 붉은 지붕들만이 보였지만 아버지는 우리도 어느 날엔가는 귀족 집안 못지않게 살겠다는 결심을 굳히고 있었다. 그렇게 될 때까지 우리는 네 개의 침실과 식당, 실내 온실, 그리고 아버지의 수술실로 쓰이는 방이 하나 더 딸린 중앙난방식 주택에서 그럭저럭 살아야 했다.

2층에 있던 내 방에는 내 취향에 맞춰 가구가 들여졌고 벽에는 세잔의 「붉은 조끼를 입은 소년」, 일본 목판화 몇 개, 반 고흐의 「해바라기」 같은 몇 점의 복제품들이 걸려 있었다. 다음에는 책들로 독일 고전 선집, 실러,

클라이스트, 괴테, 횔덜린, 그리고 물론 〈우리의〉 셰익스피어뿐 아니라 릴케, 데멜, 게오르게도 있었다. 내가 모은 프랑스 작가의 책들은 보들레르, 발자크, 플로베르, 스탕달 등이었고 러시아 작가들 것으로는 도스토옙스키, 톨스토이, 고골 전집이 있었다. 그리고 거울 아래 한 귀퉁이에는 내 수집품들인 동전, 장밋빛 산호, 혈석(血石)과 마노, 황옥, 석류석, 공작석, 헤르쿨라네움[17]에서 온 용암 덩어리, 사자 이빨, 호랑이 발톱, 바다표범 가죽 조각, 로마 시대의 종아리뼈, 박물관에서 몰래 가져온 로마 시대 거울 조각 두 개, LEG XI라는 글자가 새겨진 로마 시대의 타일 두 개, 코끼리 어금니 같은 것들이 있었다.

그것이 내 세상, 내가 전적으로 안전하다고 느꼈고 영원히 지속되리라 확신했던 내 세상이었다. 사실 나는 내 뿌리를 바르바로사까지 더듬어 올라갈 수는 없었다. 어떤 유대인이 그럴 수 있었을까? 하지만 나는 슈바르츠 집안이 여기 슈투트가르트에서 적어도 2백 년, 어쩌면 그보다도 더 오래 살았다는 것은 알고 있었다.

17 이탈리아의 베수비오 화산 근처에 있었던 고대 도시.

그 어떤 기록도 없는데 어떻게 알 수 있었느냐고? 그들이 어디에서 — 키예프나 빌뉴스나, 톨레도나 바야돌리드에서 — 왔는지를 어떻게 아느냐고? 예루살렘과 로마, 비잔티움과 쾰른에 있는 버려진 무덤들 중 어디에서 그들의 뼈가 썩어 가고 있냐고? 그들이 호엔펠스 이전에는 여기에 없었다는 것을 확신할 수 있냐고? 하지만 그런 질문들은 다비드가 사울 왕에게 불러 주었다는 노래만큼이나 부질없는 것이었다. 내가 알고 있던 것은 여기가 시작도 끝도 없는 내 나라, 내 집이며, 유대인으로 태어났다는 것은 붉은 머리가 아니라 검은 머리로 태어났다는 사실만큼도 중요하지 않다는 것뿐이었다. 첫째로 우리는 슈바벤 사람이었고 그다음은 독일인이었고 그다음이 유대인이었다. 내가 그 외에 달리 어떻게 느낄 수 있었을까? 우리 아버지나 아버지의 아버지들이 달리 어떻게 느낄 수 있었을까? 우리는 러시아 황제에게서 박해받은 불쌍한 〈폴라켄〉이 아니었다. 물론, 우리가 〈유대인 혈통〉인 것은 부정할 수 없었다. 그러는 것은 우리가 10년 동안 보지 못했던 우리 삼촌 하인리히가 가족의 일원이 아니라고 부정하는 것이나

마찬가지일 터였다. 하지만 그 〈유대인 혈통〉이라는 것
은 1년에 한 번, 속죄일에 어머니는 유대교 회당엘 가고
아버지는 담배를 피우거나 여행을 하지 않는다는 것이
었고 그것도 아버지가 유대교를 믿어서가 아니라 다른
사람들의 감정을 해치지 않기 위해서였다.

　나는 이스라엘을 위해 돈을 걷으러 왔던 시온주의자
와 아버지 사이에서 벌어졌던 격렬한 논쟁을 지금도 생
생히 기억하고 있다. 아버지는 시온주의를 혐오했다.
그 모든 생각이 아버지에게는 미친 짓으로 보였다. 2천
년이 지난 뒤에 와서 팔레스타인에 대한 권리를 주장하
는 것은 이탈리아인들이 로마 시대에 한때 독일을 점령
했다는 이유로 독일에 대한 권리를 주장하는 것만큼이
나 터무니없는 짓이었다. 그런다면 결국 끝없이 많은
피를 흘리게 되고 유대인들은 아랍 세계 전체와 싸우는
수밖에 없을 터였다. 그리고 또, 어쨌건 간에, 슈투트가
르트 사람인 아버지가 예루살렘과 무슨 상관이 있느냐
는 것이었다.

　그 시온주의자가 히틀러를 입에 올리며 그 때문에
이 나라에 대한 신뢰가 흔들리지 않냐고 묻자 아버지

는 이렇게 대답했다. 「전혀 아니오. 나는 내 독일을 알고 있소. 이건 일시적인 질병, 경제 상황이 나아지기만 하면 바로 사라질 일종의 홍역 같은 거요. 당신 정말로 괴테와 실러, 칸트와 베토벤 같은 우리 나라의 위인들이 이따위 쓰레기에 넘어갈 거라고 믿는 거요? 당신은 어떻게 감히 우리 나라를 위해, 우리 조국을 위해 목숨 바친 1만 2천 유대인들의 기억을 모욕하는 거요?」

그 시온주의자가 아버지를 〈전형적으로 동화된 자〉라고 하자 아버지는 자랑스럽게 되받았다. 「그렇소, 나는 동화된 자 맞소. 그게 뭐가 잘못이라는 거요? 나는 독일과 나를 동일시하고 싶소. 나는 유대인들이 독일에 완전히 흡수되는 걸 분명히 더 선호할 거요. 그러는 게 독일에 항구적인 이익이 될 거라는 확신을 가질 수 있다면 말이오. 좀 의심이 들기는 해요. 내가 보기에는 유대인들이 자기네끼리 완전히 통합하지 않은 덕에 여전히 촉매 역할을 하면서 예전에 그래 왔던 것처럼 독일 문화를 풍요롭고 비옥하게 하고 있는 거요.」

그 대목에서 시온주의자가 펄쩍 뛰었다. 아버지의 말이 그의 인내심의 한계를 넘어선 모양이었다. 그가 오른손 검지로 자기의 이마를 두드리면서 큰 소리로 내뱉었다. 「완전히 미쳤군.」 그러고는 여전히 손가락으로 이마를 두드리며 팸플릿들을 주섬주섬 그러모아 사라졌다.

나는 평소에 조용하고 평온하던 아버지가 그처럼 격렬해진 것을 본 적이 없었다. 아버지에게는 그 남자가 독일에 대한, 아버지가 제1차 세계 대전 때 두 번이나 부상을 입고도 다시 싸울 준비가 되어 있는 조국에 대한 반역자였다.

10

나는 아버지를 잘 이해할 수 있었다(지금도 여전히 이해하고 있다). 그가, 아니 20세기의 다른 누구라도, 악마와 지옥, 아니면 악령을 믿을 수 있었을까? 무슨 이유로 우리가 라인과 모젤, 네카어와 마인 강을 요르단의 께느른한 물과 바꾸어야 했을까? 아버지가 보기에 나치스는 건강한 몸에 생긴 피부병에 지나지 않았고, 해야 할 일은 주사 몇 대 놓고 환자를 조용히 놓아두어 자연의 섭리에 따르도록 하기만 하면 되는 거였다. 그런데 왜 걱정을 해야 했을까? 아버지는 유대인들과 기독교도들에게서 동시에 존경 받는 평판 좋은 의사가 아니었던가? 그의 마흔다섯 번째 생일에는 시장이 이끄는 시민 대표단이 그를 찾아오지 않았던가?『슈투트가르터 차이퉁』에 그의 사진도 실리지 않았던가? 일단의 기독교도들이 축가로 「아이네 클라이네 나흐트무지크」를 연주해 주지 않았던가? 그리고 또 틀림없는 신표(信標)도 받지 않았던가? 아버지의 침대 위에 걸려 있던 철십자 훈장, 1등 무공 훈장과 바이마르에 있는 괴테의 집 사진 옆에 있던 장교용 군도가 그런 것이 아니었던가?

11

어머니는 나치스니 공산주의자니 그런 류의 불쾌한 사람들에 대해 신경을 쓰기에는 너무 바빴다. 그리고 아버지가 자신이 독일인이라는 데 한 점 의심도 없었다면 어머니는, 만일 그러는 게 가능하다면, 그보다도 더 없었다. 어머니의 머릿속에는, 그게 누구건 제정신인 사람이라면, 어머니가 그 나라에서 살고 죽을 권리에 대해 물을 수 있으리라는 생각은 아예 들어오지도 않았다. 어머니는 변호사였던 외할아버지의 출생지이기도 한 뉘른베르크 출신이었고 여전히 프랑켄 억양의 독일어를 썼다(그래서 조그만 포크를 〈가벨레〉 대신 〈가벨헤〉, 유모차를 〈바겔레〉 대신 〈바겔헤〉라고 하곤 했다). 일주일에 한 번씩 어머니는 주로 의사, 변호사, 은행가의 부인인 친구들과 한데 어울려 집에서 만든 초콜릿과 크림 케이크에 크림을 곁들여 먹고 끝없이 나오는 커피에도 크림을 곁들여 마시고, 하인과 집안일과 자기네가 본 연극에 대해 잡담을 주고받았다. 그리고 보름에 한 번은 오페라를 보러, 한 달에 한 번은 연극을 보러 갔다. 어머니는 책 읽을 시간을 별로 내지는 못했지만 이따금씩 내 방으로 와서 동경하듯 내 책들을 바라보다 서가에서 한두 권을 꺼내어 먼지를 털고는 다시 꽂아 놓곤 했다. 그런 다음 내게 학교에서 어떻게 해나가고 있는지 묻곤 했는데, 그러면 나는 언제나 무뚝뚝한 소리로 〈다 괜찮아〉라고만 했고 어머니는 내 기워야 할 양말이나 수선해야 할 때가 된 신발을 챙겨 들고 방에서 나갔다. 때때로 어머니는 주저하는 동작으로 살그머니 내 어깨에 손을 올려놓기도 했지만 내가 그런 가벼운 애정 표시까지도 거부하려 든다는 것을 알아차리고 차츰차츰 그러는 빈도를 줄였다. 어머니가 곁에 있는 것이 싫지 않고, 어머니의 머뭇거리는 다정함을 고맙게 받아들였던 것은 내가 아팠을 때뿐이었다.

12

나는 내 부모가 매우 훌륭한 신체적 본보기였다고 생각한다. 아버지는 훤한 이마에 회색 머리칼, 짧게 친 콧수염을 하고 있어서 지체 높은 사람 같다는 인상을 풍겼고 외모에서 〈유대인〉이라는 티가 거의 나지 않아서 한 번은 기차간에서 나치스 돌격대원이 나치당에 가입하라고 권하기도 했었다. 그리고 어머니에 대해서는, 아들인 나로서도, 어머니가 아주 화려한 차림을 한 적은 없지만 예쁜 여자라고 하지 않을 수가 없었다. 나는 내가 여섯 살인가 일곱 살 아이였을 때 어머니가 잘 자라는 키스를 해주러 내 방으로 들어왔던 일을 잊은 적이 없다. 그때 어머니는 무도회에 가려는 차림이었고 나는 마치 낯선 사람을 보듯 어머니를 뚫어져라 쳐다보았다. 그러고는 어머니 팔을 잡고 가지 말라며 울기 시작했는데 그 때문에 어머니는 몹시 당황스러워했었다. 그때 어머니는 내가 속이 안 좋거나 몸이 아파서 그러는 게 아니라는 것을, 내 문제는 난생처음 어머니를 객관적으로, 타고나기를 매력적인 사람으로 본 데 있다는 것을 알 수 있었을까?

콘라딘이 들어서자 나는 그를 계단으로, 그러니까 그를 어머니에게 먼저 소개시키지 않고 곧장 내 방으로 이끌었다. 그때는 내가 왜 그랬는지 정확히 몰랐었지만 이제는 내가 왜 그를 몰래 들이려고 했는지 알기가 좀 더 쉽다. 어째서인지는 몰라도 나는 그가 내게만, 오로지 내게만 속한다고 느껴서 그를 다른 누구와도 공유하고 싶지 않았다. 그리고 아마도 ── 그 때문에 나는 지금까지도 얼굴이 화끈해진다 ── 우리 부모가 별로 〈당당하지 못하다〉고도 생각했을 것이다. 나는 우리 부모를 부끄러워해 본 적이 한 번도 없었다. 사실 언제나 그들을 자랑스러워했었다. 그런데 이제 콘라딘 때문에 내가 재수 없는 어린 속물처럼 굴고 있다는 것을 알고 소름이 쫙 끼쳤다. 그래서 잠시 동안은 그 책임이 그에게 있다는 생각으로 그가 미워지기까지 했다. 내가 이렇게 느끼게 된 것은 그의 존재 때문이었는데, 만일 내가 내 부모를 멸시한다면 나 자신은 더욱더 멸시하게 될 터였다. 하지만 내가 막 계단 아래쪽에 이르렀을 때 어머니가, 틀림없이 내 발소리를 듣고, 소리쳐 나를 불렀다. 벗어날 길이라고는 없었다. 어쩔 수 없이 나는 그를 소개시켜야 했다.

나는 그를 우리 거실, 페르시아 양탄자가 깔리고 묵직한 참나무 가구에다 장식장 위에는 마이센[18] 접시들과 잔대가 긴 와인글라스들이 놓인 방으로 안내했다. 어머니는 실내 온실의 고무나무 아래에서 양말을 깁고 있었는데 나와 내 친구를 보고도 전혀 놀라지 않은 것 같았다. 내가 「엄마, 이쪽은 콘라딘 폰 호엔펠스야」라고 소개하자 어머니는 고개를 들고 미소를 지으며 손을 내밀었고 콘라딘은 그 손에 입을 맞추었다. 어머니가 그에게 주로 학교생활과 장래의 계획, 진학하려는

18 엘베 강 연변에 있는 독일 동부 작센 주의 도시. 고품질 도자기를 생산하는 곳으로 유명하다.

대학 등등에 대해서 몇 가지를 물어보고는 우리 집에서 그를 맞게 되어 얼마나 기쁜지 모르겠다고 했다. 어머니는 꼭 내가 바랐던 대로 행동했고 나는 콘라딘도 같이 기뻐한다는 것을 바로 알 수 있었다. 나중에 나는 그를 내 방으로 데리고 올라가 내 보물들, 그러니까 책이며 동전이며 로마 시대의 종아리뼈, LEG XI라는 글자가 새겨진 로마 시대의 타일 같은 것들을 보여 주었다.

그러다 갑자기 나는 아버지의 발소리를 들었고 뒤이어 아버지가 내 방으로 들어왔다. 지난 몇 달 동안 없던 일이었다. 내가 두 사람을 서로에게 소개시키기도 전에 아버지가 구두 뒤축을 모아 딱 부딪치며 거의 차렷 자세로 꼿꼿이 서서 오른손을 내밀고 말했다. 「환영합니다, 의사 슈바르츠입니다.」 콘라딘은 아버지의 손을 잡아 흔들며 고개를 살짝 숙였지만 말은 하지 않았다. 「참으로 영광입니다, 백작님.」 아버지가 말을 이었다. 「저희 집에 이처럼 빛나는 명문가의 자손을 맞게 되어서. 아버님을 만나 뵙는 기쁨은 누리지 못했지만 그분의 친구들은 여럿 알고 있습니다. 특히 제1창기병 연대 2대대를 지휘한 바론 폰 클룸프, 경기병 연대의 리터 폰 트롬페다, 바우츠라고 알려진 푸치 폰 그리멜스하우젠. 아버님께서 황태자의 절친한 친구였던 바우츠에 대해 얘기해 주신 적이 있는지요. 어느 날, 바우츠가 말한 대로라면, 당시 샤를루아[19]에 계시던 폐하께서 그를 불러 말씀하시기를, 〈바우츠, 내 소중한 친구. 내게 커다란 호의 하나 베풀어 주었으면 하네. 자네도 알다시피 내 침팬지 그레텔이 아직 처녀고 남편이 절실히 필요해. 나는 결혼식을 치러 주고 싶은데 내 부하들도 초대할 거라네. 자네가 차를 몰아 독일을 두루 여행하면서 건강하고 잘생긴 수컷을 하나 찾아봐 주게나.〉 그러자 바우츠는 구두 뒤축을 모아 딱 부딪치고 차렷 자세로 서서 경례를 하고 이랬습니다. 〈잘 알겠습니다, 폐하.〉 그러고는 척척 걸어 나와서 황태자의 다임러 승용차에 휙 올라타고 동물원에서 동물원으로 돌아다녔습니다. 보름 뒤에 그는 조지 5세라고 불리는 거대한 침팬지와 함께 돌아왔습니다. 굉장한 결혼식이 열려서 모두들 샴페인에 취했고 바우츠는 훈장을 받았지요. 들려 드리고픈 이야기가 하나 더 있군요. 어느 날 바우츠가 하우프

19 벨기에 남부의 도시.

트만 브란트, 그러니까 민간인일 때에는 보험 판매원이었지만 언제나 〈왕보다도 더한 왕정주의자〉가 되려고 했던 친구 옆에 앉아 있었는데 그때 갑자기 —」 그런 식으로 아버지는 이야기를 계속 이어 나갔다. 마침내 수술실에서 환자들이 기다리고 있다는 것을 떠올릴 때까지. 한 번 더 아버지가 구두 뒤축을 모아 딱 부딪쳤다.「백작님, 저는 여기가.」 아버지가 말을 이었다.「장차 백작님의 두 번째 집이 되기를 희망합니다. 부탁하건대 아버님께 안부 전해 주십시오.」 그러고는 기쁨과 자부심으로 빙긋이 웃고 내게 나와 함께해서 참으로 기쁘다는 것을 보여 주려고 고개를 끄덕이며 내 방에서 나갔다.

나는 충격을 받아 소름이 끼치고 비참한 기분이 되어 주저앉았다. 대체 아버지가 왜 그랬을까? 나는 아버지가 그처럼 터무니없이 행동하는 것을 단 한 번도 본 적이 없었다. 또 전에 아버지가 트롬페다니 그 형편없는 바우츠니 하는 자를 입에 올린 적도 없었다. 게다가 그 역겨운 침팬지 이야기라니! 아버지가 콘라딘에게 감명을 주려고 그 이야기들을 모두 꾸며 낸 것이었을까? 내가 좀 더 교묘한 방식으로 그에게 감명을 주려고 했던 것과 똑같이? 아버지도 나처럼 호엔펠스 가문의 신비한 매력에 빠진 희생자였을까? 거기에다 구두 뒤축을 딱 부딪친 건 또 어떻고? 학생 아이에게 경의를 표할 셈으로!

채 한 시간도 안 되는 사이에 나는 내 무고한 친구를, (단지 그가 나타난 것만으로) 내 아버지의 모습을 만화에나 나올 법한 인물로 바꾸어 버린 친구를, 두 번째로 미워했다. 나는 언제나 아버지를 존경했었다. 내가 보기에 아버지는 수많은 훌륭한 자질들, 이를테면 내게는 없는 용기라든가 명석한 두뇌 같은 자질들을 갖추었고 친구도 쉽게 사귀었고 자신의 업무도 꼼꼼히 챙겼고 꾀를 부려 빠져나가지도 않았다. 아버지가 나에 대해 서름서름하고 애정을 어떻게 표현해야 할지 모르는 것은 사실이었지만 그래도 나는 아버지가 나를 사랑하고 자랑스러워하기까지도 한다는 것을 알고 있었다. 그런데 이제 아버지는 그런 이미지를 깨버렸고 내게는 그를 부끄러워해야 할 이유가 있었다. 그가 얼마나 우스꽝스럽고 얼마나 젠체하고 비굴하게 보이던지! 콘라딘이

95

마땅히 존경해야 했을 사람인 그가! 구두 뒤축을 딱 부딪치는 아버지의 모습과 〈환영합니다, 백작님〉 하며 인사를 하는 그 끔찍한 장면은 영웅시되었던 지난날의 아버지를 영원히 지워 버릴 것이었다. 아버지는 내게 다시는 전과 같은 사람이 되지 않을 터였고 나는 그의 눈을 다시 들여다볼 때마다 부끄러움과 역겨움을 느끼게 될 것이며 부끄러워하는 나 자신을 부끄러워하게 될 것이었다.

온몸이 와들와들 떨렸고 여간해서 눈물을 참기 힘들었다. 내 바람은 단 한 가지, 콘라딘을 다시는 보지 않는 것이었다. 하지만 그는, 내 마음속에서 오가는 생각을 알아차린 것이 틀림없어서, 내 책들을 훑어보느라 바쁜 것 같았다. 만일 그가 그러지 않았더라면, 그 순간 내게 말을 걸었거나 더 나쁘게는 나를 위로해 주려고 했더라면 나는 그를 후려쳤을 것이다. 그는 내 아버지를 수치스럽게 했고 나를 그런 모욕을 받아 마땅한 속물로 드러내 놓았다. 하지만 그는 본능적으로 옳게 행동했다. 내게 진정할 시간을 주었고 5분이 지나자 돌아서서 내게 미소를 지어 보인 것이었다. 내가 눈물을 흘리면서도 같이 미소를 지어 보일 수 있도록.

이틀 뒤 그가 다시 우리 집으로 왔다. 누가 그러라고
한 것도 아닌데 홀에서 코트를 벗어 걸고는 —— 마치 평
생 그래 오기라도 했던 것처럼 —— 곧장 어머니를 찾아
거실로 들어갔다. 어머니는 첫 번째 만났을 때 그랬던
것처럼 하던 일에서 눈도 들지 않다시피 한 채, 마치 그
가 또 다른 아들이기라도 한 듯, 똑같이 다정하고 편안
하게 그를 다시 반겼다. 어머니가 커피와 슈트로이젤
쿠헨[20]을 내왔고 그날 이후로 그는 일주일에 서너 번씩
정기적으로 우리 집을 찾아왔다. 그는 우리와 함께하
는 시간을 마음 편히 즐겼는데, 단 한 가지 두려움은 아
버지가 바우츠 이야기를 또 꺼내서 내 기분을 망치는
것이었다. 하지만 아버지도 좀 더 느긋해졌고 갈수록
점점 그의 출현에 익숙해져서 결국에는 그를 〈백작님〉
이라 부르기를 그만두고 콘라딘이라고 불렀다.

20 독일식 케이크의 한 종류.

13

콘라딘이 우리 집에 들어섰던 날 이후로 나는 그가
자기 집에도 들어와 보라고 할 것이라 기대했지만 며
칠, 몇 주가 지나도 그는 나를 초대하지 않았다. 우리는
언제나 호엔펠스 가의 방패 문장을 든 두 개의 독수리
상이 꼭대기에 올라앉아 있는 격자 창살 대문 밖에서
멈추어 섰고, 그는 작별 인사를 하면서 묵직한 대문을
열어 양옆으로 향기로운 협죽도가 늘어선, 중앙 현관
과 정문으로 이르는 오솔길을 따라 올라갔다. 그가 거
대한 검은 문을 가볍게 두드리면 문이 조용히 뒤로 미
끄러지듯 열렸고 콘라딘은, 마치 영원히 사라지기라도
하듯, 그 안으로 들어갔다. 때때로 나는 쇠창살 사이로

건너편을 응시하면서, 〈열려라 참깨〉처럼 대문이 열리고 그가 다시 나타나 내게 들어오라고 손짓하기를 기대하면서 1~2분쯤을 기다리곤 했다. 하지만 그런 일은 결코 없었고 대문은, 날카로운 발톱과 낫 모양으로 갈라진 혀로 내 심장을 도려낼 태세가 되어 나를 내려다보는 잔인하고 무자비한 두 독수리상이나 마찬가지로, 가까이하기 어려웠다. 날마다 나는 헤어지고 배제당한다는 똑같은 고통을 겪었고 날이 갈수록 우리 우정의 열쇠를 쥐고 있는 그 집의 중요성과 신비함은 더더욱 커져만 갔다. 내 상상은 그 집을 보물들, 즉 물리친 적의 깃발이며 십자군 전사의 칼, 갑옷, 한때는 이스파한과 테헤란에서 타올랐던 횃불, 사마르칸트와 비잔티움에서 가져온 비단 같은 것들로 가득 채우는 것이었다. 하지만 나를 콘라딘에게서 갈라놓는 장벽은 영원히 붙박인 것 같았다. 나는 이해할 수 없었다. 그가, 남에게 고통을 주지 않기 위해 그처럼 조심스럽고 그처럼 사려 깊고 언제나, 설령 내 세계관에 동의하지 않을 때에도, 내 성급한 행동과 공격성을 용인해 줄 준비가 되어 있는 그가 어떻게 나를 초대하는 일을 잊어버릴 수가 있었을까? 자존심이 강한 탓으로 그에게 물어보지도 못한 채, 나는 점점 더 걱정스러워지고 의심이 들고 호엔펠스 가의 요새에 침투해 보고 싶은 열망에 사로잡혔다.

어느 날, 내가 막 가려는 참에, 예기치 않게도 그가 돌아섰다. 「들어와, 너 아직 내 방 못 봤잖아.」 그가 말했다. 내가 미처 대답을 하기도 전에 그가 철 대문을 밀었고 두 마리의 독수리들은 여전히 위협은 하면서도 그 순간에는 무력해져서 포식자의 날개를 헛되이 퍼덕이며 물러났다. 마음의 준비가 되어 있지 않던 나는 겁에 질렸다. 내 꿈의 실현이 너무도 갑작스럽게 찾아와서 한순간 나는 도망을 치고 싶었다. 광도 내지 않은 구두에다 깨끗한지 어떤지도 못 미더운 옷깃을 하고 어떻게 그의 부모를 만나 볼 수 있을까? 내가 어떻게 그의 어머니를 마주 대할 수 있을까? 언젠가 한 번 멀리서 보았을 때 분홍색 목련과 대비되어 거무스름해 보이던 그분의 피부는 우리 어머니처럼 흰색이 아니라 올리브색이었고 눈은 아몬드처럼 동그스름했고 오른손으로는 하얀 양산을 캐서린 바퀴[21]처럼 빙빙 돌리고 있었다. 하

21 희생자를 천천히 고통스럽게 죽이는 중세의 고문 기구.

101

지만 이제는 떨리는 마음으로 그를 따라가는 것 말고는 할 수 있는 일이 아무것도 없었다. 내가 전에 현실과 꿈에서 보았던 것과 똑같이, 그가 오른손을 들어 가볍게 문을 두드리자 문이 그의 명령에 순응해서 그가 들어가도록, 그리고 나도 받아들이도록 조용히 열렸다.

잠시 우리는 완전한 어둠 속에 있는 것 같았다. 눈이 차츰차츰 어둠에 익자 거대한 사슴뿔이며 들소의 머리, 매끄럽고 하얀 코끼리 엄니, 그 코끼리의 발에 은을 입혀 만든 우산꽂이 같은 사냥 기념물들로 뒤덮인 커다란 현관 홀이 보였다. 나는 코트를 벗어 걸고 가방을 의자에 내려놓았다. 하인이 들어와 콘라딘에게 머리를 숙이고 말했다. 「커피 대령하겠습니다, 백작님.」 콘라딘은 고개를 끄덕이고 2층으로 이어진 짙은 색 참나무 계단을 앞장서서 올라갔다. 거기에서 나는 닫힌 문 사이로 참나무 패널이 대어지고 곰 사냥 그림과 수사슴들이 싸우는 또 다른 그림, 서거한 국왕의 초상화, 호엔촐레른 성과 노이슈반슈타인 성을 섞어 놓은 것처럼 보이는 성채의 전경이 걸린 벽을 얼핏 보았다. 우리는 3층으로 올라가 더 많은 그림들, 그러니까 카를 5세 앞에 있는 루터, 예루살렘으로 진입하는 십자군, 키프호이저 산에서 잠들어 수염이 대리석 테이블을 뚫고 자라는 바르바로사 같은 그림들이 있는 복도를 따라갔다. 한 문이 열려 있었고 그 문을 통해 나는 조그만 향수병들과 거북 등껍데기에 은을 박아 넣은 화장 솔들이 가득 들어찬 화장대가 딸린 안주인 침실을 보았다. 거기에는 은제 액자 속에 든, 주로 군인 장교들의 사진이 있었지만 그중 하나는 아돌프 히틀러와 흡사해 보여서 내게 꽤나 큰 충격을 안겨 주었다. 하지만 그 사진을 자세히 살펴볼 시간은 없었고 어쨌건 나는 내가 잘못 보았다고 생각했다. 호엔펠스 가의 침실에서 히틀러의 사진이 무슨 소용이었을까?

마침내 콘라딘이 걸음을 멈췄고 우리는 그의 방, 내 방과 대체로 비슷하고 좀 더 넓기만 할 뿐인 방으로 들어갔다. 그 방에서는 분수가 딸린 잘 가꾸어진 정원과 도리스 양식의 조그만 신전, 노란 이끼로 덮인 여신상이 잘 내려다보였다. 하지만 콘라딘은 내게 경치를 감상할 시간을 주지 않았다. 그는 나의 부러움과 놀라움을 기대하는 빛이 가득 담긴 눈을 빛내며, 이때가 오기를 얼마나 기다렸는지 모른다는 기색이 완연한 열의를 가지고 장식장으로 달려가더니 자기의 보물들을 늘어놓았다. 그가 탈지면에 싸여 있던 동전들을 꺼냈다. 코린토스의 페가수스 동전, 크노소스의 미노타우로스 동전, 그리고 고대 도시인 람사쿠스와 아그리겐툼, 시칠리아에 있는 세제스타와 셀리눈테의 유적에서 온 동전들. 하지만 그게 다가 아니었다. 내가 가지고 있던 그 어느 것보다도 더 귀중한 보물들이 뒤따라 나왔다. 시칠리아의 겔라에서 온 여신상, 키프로스에서 온 색깔과 모양은 오렌지 같고 기하학무늬가 들어 있는 작은 유리병, 가운 비슷한 옷을 걸치고 밀짚모자를 쓴 타나그라[22] 소녀상, 월장석처럼 은은한 무지갯빛에 단백석처럼 광택이 나는 시리아의 유리그릇, 유백에 연녹색인 비취 빛깔의 로마 시대 꽃병, 그리고 그리스 시대의 조그만 헤라클레스 청동상. 내게 자기의 수집품들을 보여 줄 수 있고 내 놀라움과 찬탄을 지켜볼 수 있어서 기뻐하는 그의 모습이 감동적이었다.

22 고대 그리스 보이오티아 지방에서 번영했던 도시. 타나그라 분묘에서 발굴된 인형은 고대 그리스 미술 연구 자료로 중요하다.

시간은 믿을 수 없을 만큼 빨리 지나갔고 두 시간 뒤 그 집을 나섰을 때 나는 그의 부모를 못 본 것이 아쉽지도, 그들이 집을 떠나 있을 것이라는 생각을 특별히 하지도 않았다.

14

보름쯤 뒤에 그가 나를 다시 집 안으로 불러들였다. 우리는 똑같이 즐거운 과정을 거치며 이야기를 하고 구경하고 비교하고 감탄했다. 이번에도 그의 부모는 집을 떠나 있는 것 같았지만 사실 나는 그들을 만나는 것이 좀 겁나기도 해서 별 신경을 쓰지 않았다. 하지만 그런 일이 네 번째로 일어나자 나는 그게 우연이 아니라는 생각이 들기 시작했고 그가 부모가 없을 때에만 나를 초대하는 것이 아닌가 의심스러웠다. 그렇더라도 별로 마음이 상하지는 않았고 거기에 대해서 그에게 물어볼 용기도 나지 않았다.

그러다 어느 날 나는 히틀러처럼 보이는 남자의 사

진을 떠올렸지만 내 친구의 아버지가 그런 남자와 어떤 연관이 있으리라고 한순간이라도 의심을 했다는 것이 당장 부끄러워졌다.

15

하지만 더 이상 의심의 여지가 없는 날이 오고 말았
다. 어머니가 내게 푸르트벵글러가 지휘하는 오페라
「피델리오」 티켓을 구해 주었고 나는 막이 오르기를 기
다리며 객석에 앉아 있었다. 바이올린들이 조율을 하며
소리를 내기 시작했고 유럽에서 가장 아름다운 오페라
하우스 중 하나인 이곳을 가득 메운 우아한 청중들, 그
리고 몸소 참석한 공화국 대통령이 우리를 영예롭게 해
주고 있었다. 하지만 대통령을 보는 사람은 거의 아무
도 없었다. 모든 눈길이 객석 맨 앞줄 옆의 문에 쏠려
있었고 그 문을 통해 호엔펠스 가족이 천천히 당당하
게 입장했다. 놀라움으로 인한 충격과 함께 얼마쯤은

어렵사리 내 친구, 디너 재킷 차림이어서 조금은 생소해 보이는 우아한 젊은이를 알아보았다. 그의 뒤로 검은 드레스에 다이아몬드가 박혀 반짝이는 관을 쓰고, 올리브색 피부에 푸르스름한 빛을 던지는 다이아몬드 목걸이와 귀고리를 한 백작 부인이 따라 들어왔다. 그리고 다음에는 내가 그때 처음 본 백작, 반백의 머리칼에 반백의 콧수염을 하고 가슴에서는 다이아몬드 박힌 별이 반짝이는 백작이 들어섰다. 거기에서 그들은 우월한 일체가 되어 9백 년 역사가 그들에게 부여해 왔던 권리로 사람들이 놀라 입을 떡 벌린 채 응시하기를 기대하며 서 있다가 마침내 자기네 자리로 건너가려는 동작을 취했다. 백작이 앞장을 섰고 백작 부인이 그 뒤를 따르는 동안 그녀의 아름다운 머리칼 주위로 북극성 같은 다이아몬드들이 춤을 추었다. 다음에 콘라딘이 뒤따라와서 자리에 앉기 전에 객석을 둘러보며 자기 아버지와 마찬가지로 자기 자신도 아는 유명 인사에게 고개 숙여 인사를 했다. 한순간 그는 나를 보았지만 알아보는 기색이라고는 전혀 없이 눈길을 돌려 객석을 발코니까지 죽 훑어 올라갔다 다시 내려오며 둘러보았다. 내가 콘라딘이 나를 보았다고 한 것은 내 눈과 그의 눈이 마주쳤을 때 그는 내가 와 있는 것을 알았을 것이 틀림없기 때문이었다. 막이 올랐고 호엔펠스 가족과 그들만큼 유명하지 못한 다른 관객들은 첫 번째 막간이 될 때까지 어둠 속에 잠겨 들었다.

막이 내리자마자 나는 박수갈채가 쏟아들기도 전에 휴게실로, 코린토스 양식의 대리석 기둥과 나뭇가지 모양의 크리스털 촛대, 황금 테두리 거울, 벌꿀색 벽지에 자주색 양탄자가 깔린 장대한 방으로 나갔다. 그리고 거기에서 기둥들 중 하나에 기대어 도도하고 거만해 보이려 애쓰면서 호엔펠스 가족이 나타나기를 기다렸다. 하지만 마침내 그들을 보았을 때는 달아나고 싶어졌다. 유대인 아이의 본능적인 직감으로 볼 때, 채 몇 분도 못 가서 내 심장에 들어박히게 될 단검은 피하는 편이 낫지 않을까? 고통은 피하는 편이 낫지 않을까? 무슨 이유로 친구를 잃는 위험을 무릅써야 할까? 무슨 이유로 의심이 잠으로 달래지게 놓아두는 대신 증거를 요구해야 할까? 하지만 나는 달아날 용기도 없어서 고통에 대비해 마음을 단단히 먹고 떨리는 심정으로 기둥을 버팀목 삼아 기대어 서서 처형당할 마음의 준비를 했다.

천천히 당당하게, 호엔펠스 가족이 점점 더 가까이 다가왔다. 그들은 백작 부인을 가운데에 두고 나란히 걷고 있었다. 백작 부인은 아는 사람들에게 고개를 끄덕이거나 보석으로 치장한 손을 가볍게 부채처럼 흔들었고 목과 머리 주위 다이아몬드의 광채가 그녀에게 수정 같은 물방울이 떨어지듯 빛의 방울들을 뿌렸다. 백작이 지인들과 공화국 대통령에게 가볍게 머리를 기울이자 대통령이 깊숙이 고개 숙여 응답했다. 사람들은 그들을 위해 길을 내주었고 그들의 장엄한 행진은 저지받는 일 없이 위풍당당하게, 그리고 불길하게 이어졌다.

그들이 진실을 알고 싶어 하는 나에게까지 오려면 아직 10미터 정도가 더 남아 있었다. 어디로도 피할 길은 없었다. 그들과 나 사이의 거리가 5미터, 4미터로 좁혀졌다. 갑자기 콘라딘이 나를 보며 미소를 지었고 그의 오른손이 마치 먼지를 털어 내려는 것처럼 옷깃으로 올라갔다가 — 그들이 지나갔다. 그들은 마치 어떤 들리지 않는 장례 행렬의 박자에 맞춰 세상의 왕자들 가운데 하나의 보이지 않는 반암 석관을 따르기라도 하듯, 천천히 장엄하게 걸으면서 내내 미소를 지어 보이고 사람들에게 축복을 내려 주고 싶기라도 한 듯 손을 들어 올리고 있었다. 그들이 휴게실을 다 지나 끝까지 가자 더 이상 모습이 보이지 않았지만 1~2분쯤 뒤에 백작과 백작 부인이 ― 콘라딘은 없이 ― 다시 돌아왔다. 지나가고 되짚어 다시 지나가고 하면서 구경꾼들의 경의에 응답하기 위해서였다.

제2막의 시작을 알리는 벨이 울렸고, 나는 그 자리를 떠나 집으로 돌아가서 어머니 아버지 눈에 띄지 않고 곧장 침대로 기어들었다.

그날 밤 나는 잠을 제대로 자지 못했다. 수사자 두 마리와 암사자 한 마리가 내게로 달려드는 꿈을 꾸었고 잠이 깼을 때 어머니 아버지가 내 침대 위로 몸을 숙이고 있던 것으로 보아 비명을 지른 것이 틀림없었다. 아버지가 내 체온을 쟀지만 잘못되거나 이상한 점은 찾아내지 못했고 다음 날 나는 마치 긴 병을 앓고 난 것처럼 힘이 없기는 했어도 여느 때처럼 학교로 갔다. 콘라딘은 아직 와 있지 않았다. 나는 곧장 내 자리로 가서 숙제해 온 것을 고치는 척했고 그가 교실로 들어섰을 때에도 눈을 들지 않았다. 그도 곧장 자기 자리로 가서 나를 바라보지 않고 책과 필기구를 정돈하기 시작했다. 하지만 수업 시간이 끝났음을 알리는 벨이 울리자마자 그가 내게로 다가와서 내 어깨에 손을 얹고 —— 전에는 그랬던 적이 한 번도 없었다 —— 오페라 「피델리오」를 즐겼는지 어땠는지, 아주 분명하게 짚은 것은 아니더라도, 몇 가지 질문을 던졌다. 나는 할 수 있는 한 자연스럽게 대답했고 학교가 파하자 그가 나를 기다리고 있어서 우리는 아무 일도 없었던 것처럼 함께 집으로 걸어갔다. 나는 30분쯤 계속 시침을 떼고 있었지만 그가 내 마음속에서 무슨 생각이 오가는지 알고 있다는 것은 분명했다. 그렇지 않다면 우리 둘 모두에게 더없이 중요한 문제, 그러니까 전날 저녁의 일을 마음속에 담아 두려고만 할 리가 없었다. 그러다 우리가 막 헤어지고 철 대문이 휘잉 열리려는 참에 내가 그에게로 돌아서서 물었다. 「콘라딘, 어제 왜 나를 모른 척했어?」

그는 그 질문이 나오리라 예상하고 있었던 것이 틀림없지만 그렇더라도 내 질문은 그에게 충격으로 다가갔다. 그의 얼굴이 붉어졌다가 다음에는 창백해졌다.

아마도 그는 내가 결국 그 질문을 하지 않았더라면, 내가 며칠 동안 뜸한 뒤에 잊어버렸으면 했을 것이었다. 그가 내게 털어놓을 준비가 되어 있지 않았다는 것 한 가지는 분명했다. 그가 말을 더듬으며 〈나를 모른 척한 게 전혀 아니다〉라느니 내가 〈상상을 하고 있다〉라느니 〈과도하게 예민하다〉라느니 자기는 〈부모님만 따로 남겨 둘 수가 없었다〉라느니 하는 말들을 하기 시작했다. 하지만 나는 그의 말을 들으려 하지 않고 말을 쏟아 냈다. 「이거 봐, 콘라딘, 너도 내가 옳다는 거 분명히 알잖아. 네가 나를 너희 집 안으로 불러들인 건 부모님이 출타했을 때뿐이었다는 걸 내가 알아채지 못했을 거라고 생각하니? 너 정말 내가 어젯밤 일들을 상상하고 있었다고 생각해? 내 입장을 분명히 하고 싶어. 나는 너를 잃고 싶지 않아, 너도 알다시피……. 나는 네가 오기 전까지는 외톨이였고 네가 나를 버리면 더더욱 외톨이가 되겠지만 그렇더라도 네가 나를 부끄러워해서 네 부모님께 인사시키지 못한다는 생각은 견딜 수가 없어. 나를 이해해 줘. 나는 네 부모님을 사교적으로 만나 뵙는 거에 대해서는 신경 안 써. 내가 너희 집에 침입자처럼 느껴지지 않도록 딱 한 번, 딱 5분만 만나 뵙게 해달라는 것 말고는. 그리고 또 나는 모욕을 당하기보다는 차라리 외톨이가 되겠어. 나는 세상의 모든 호엔펠스 집안 사람들 못지않게 가치 있는 사람이야. 분명히 말하는데, 나는 누구도 나를 모욕하게 놓아두지 않을 거야. 그 어떤 왕도, 왕자도, 백작도.」

　말은 용감했지만 나는 이제 울다시피 하고 있었고 콘라딘이 말을 자르고 끼어들었을 때는 여간해서 더 이상 계속할 수도 없었다. 「하지만 난 너를 모욕하고 싶지 않아. 내가 어떻게 그럴 수 있겠니? 너도 네가 내 단 하나뿐인 친구라는 거 알잖아. 그리고 또 내가 너를 누구보다도 더 좋아한다는 것도 알고. 너는 나 역시 외톨이였고 만일 내가 너를 잃으면 단 하나뿐인 친구를 잃게 되리란 걸 알고 있어. 내가 어떻게 너를 부끄러워했을 수가 있지? 우리의 우정에 대해서는 학교 전체가 다 알고 있지 않아? 우리 여기저기로 여행도 함께하지 않았어? 내가 전에 너를 부끄러워한 적이 단 한 번이라도 있었니? 그런데 너는 지금 나한테 이런 짓을 하고 있어!」

　「그래.」 내가 좀 더 많이 침착해져서 말을 이었다.

「네 말 믿어. 한 마디 한 마디 다. 하지만 어제는 왜 그렇게 달랐니? 너는 나하고 잠시 이야기를 나누고 내가 참석한 걸 알았다는 표시를 보여 줄 수도 있었어. 나는 많은 걸 기대하지 않았다고. 그저 인사, 미소, 손 한 번 흔들어 주는 걸로 충분했어. 너는 네 부모님과 같이 있으면 왜 그렇게 변하는 거니? 왜 내가 그분들을 만나 뵙도록 허락받지 못하는 거니? 너는 내 어머니와 아버지를 알고 있어. 사실대로 말해 봐. 네가 나를 그분들에게 인사시키지 않은 데는 틀림없이 어떤 이유가 있을 건데, 내가 생각할 수 있는 건 네가 부모님이 나를 받아들이지 않을 것 같아 두려워한다는 거야.」

그가 잠시 망설이다 입을 열었다. 「좋아, 그렇다면. *Tu l'as voulu, George Dandin, tu l'as voulu*(이건 네가 초래한 거야, 조르주 당댕,[23] 자업자득이라고). 네가 진실을 원한다고 했으니 이제 알려 주지. 너도 보았다시피, 다른 사람도 아닌 네가 어떻게 그걸 보지 않을 수 있었겠냐만, 나는 너를 인사시킬 수가 없었어. 그 이유는, 모든 신들에게 맹세하건대, 부끄러운 것하고는 아

---

23 몰리에르의 희극에 등장하는 인물.

무 상관도 없고 ─ 그 점을 너는 잘못 알고 있어 ─ 훨씬 더 단순하고 더 불쾌한 거야. 우리 어머니는 명망 있는 ─ 한때 왕가였던 ─ 폴란드 귀족 집안 출신인데 유대인을 싫어해. 몇백 년 동안 어머니 집안에 유대인이라고는 없었고 그들은 농노보다도 더 비천한, 이 세상의 최하층민, 불가촉천민들이었어. 어머니는 유대인을 혐오해. 유대인을 한 사람도 만나 본 적이 없으면서도 그들을 두려워해. 만일 어머니가 죽어 가고 있는데 살려 줄 수 있는 사람이 네 아버지 하나뿐이라고 해도 어머니는 그분을 집 안으로 들이지 않을 거야. 너를 만나 보겠다는 생각 같은 것도 절대로 하지 않을 거고. 어머니는 너를 경계하고 있어. 유대인인 네가 자기 아들을 친구로 삼았다는 이유로. 그리고 내가 너와 함께 있는 게 남들 눈에 띄는 걸 호엔펠스 가문의 오점이라고 생각해. 어머니는 또 너를 두려워하기도 해. 네가 내 종교적인 믿음을 갉아먹고, 네가 속해 있는 유대인들 집단이라는 건 볼셰비즘의 또 다른 이름일 뿐이고, 내가 네 악마 같은 간계의 희생물이 될 거라고 생각해. 웃지 마, 우리 어머니는 심각하니까. 나는 어머니와 말다툼

을 벌였지만 어머니 말은 이런 거였어. 〈이 불쌍한 녀석
아, 너는 네가 이미 그자들의 손아귀에 있다는 걸 모르
니? 너는 벌써 유대인 같은 말을 하고 있어.〉 그리고 네
가 진실을 모두 다 알고 싶어 한다면 말인데, 나는 너하
고 같이 보내는 한 시간 한 시간에 대해 싸워야 했어.
그리고 무엇보다도 최악인 건 내가 어젯밤에 너한테 말
을 걸지 못했던 건 네 마음을 상하게 하고 싶지 않아서
였다는 거야. 아니, 너는 나를 비난할 권리가 없어, 그
어떤 권리도 없어, 분명히 얘기하지만.」

　내가 콘라딘을, 나와 마찬가지로 몹시 동요되어 있
는 그를 응시하다 더듬거리는 소리로 물었다. 「그러면
너희 아버지는?」

　「아, 우리 아버지! 그건 얘기가 달라. 우리 아버지는
내가 누구를 만나건 상관 안 해. 아버지에게는 호엔펠
스 집안 사람은 그가 어디에 있건 누구를 만나건 영원
히 호엔펠스니까. 아마 네가 유대인 여자애라면 얘기가
달라질 수도 있겠지. 네가 나를 호리려 든다는 의심을
할 테니까. 그래서 조금도 마음에 들어 하지 않겠지. 물
론, 만일 네가 엄청난 부자라면, 아버지는 결혼이 가능

119

할지 그저 생각은 해볼 수도 있겠지만 그렇더라도 어머니 기분을 해치기는 싫어할 테고. 너도 알다시피 아버지는 지금도 어머니를 아주 많이 사랑하니까.」

그때까지 그는 용케도 침착함을 유지했지만 갑자기 격정에 휩싸여 내게 소리를 질러 댔다. 「나를 그런 두들겨 맞은 개 같은 눈으로 보지 마! 내가 우리 부모님 대신 책임을 져야 해? 그게 뭐 하나라도 내 잘못이야? 세상이 그렇게 돌아간다는 것 때문에 나를 비난하고 싶니? 이제는 우리 둘 모두 꿈꾸기를 그만두고 성장하면서 현실을 직시해야 할 때 아니니?」 그렇게 토해 내고 나서는 그가 다시 침착해졌다. 「내 소중한 한스」 그가 아주 부드럽게 말을 이었다. 「제발 나를 하느님이 만든, 어쩔 수 없는 상황에 의해 만들어진 대로 받아들여 줘. 나는 이 모든 걸 너한테 숨기려고 했지만 너를 오랫동안 속일 수는 없다는 걸 알았어야 했고 이 일에 대해서 너한테 미리 얘기할 용기를 냈어야 했어. 하지만 나는 겁쟁이야. 그래서 단지 네 마음을 상하게 할 수 없었던 거고. 하지만 그게 온전히 다 내 탓만은 아니야. 너는 누구에게나 네 이상적인 우정에 따라 살아야 한다는 원칙을 너무 심하게 세워! 너는 단순한 사람들에게 너무 많은 걸 기대해. 내 소중한 한스, 그러니까 나를 이해하고 용서하도록 애써 봐. 그리고 우리 계속 친구이기로 해.」

나는 그에게 손을 내주었지만 차마 그의 눈을 들여다보지는 못했다. 그랬다가는 우리 둘 중 하나가, 아니면 둘 다 울기 시작할 것 같아서였다. 누가 뭐래도 우리는 겨우 열여섯 살짜리 아이들이었으니까. 천천히 콘라딘이 철 대문을, 그의 세상으로부터 나를 갈라놓는 문을 닫았다. 앞으로 내가 그 경계선을 다시는 넘지 못할 것이고 호엔펠스 가문의 저택은 영원히 내게 닫히리라는 것을 나도 알았고 그도 알았다. 그가 천천히 현관문까지 걸어 올라가 버튼을 누르자 문이 불가사의하게 뒤로 미끄러지듯 열렸다. 콘라딘이 돌아서서 내게 손을 흔들었지만 나는 같이 손을 흔들어 주지 않았다. 나의 손이 풀어 달라고 울부짖는 죄수의 손처럼 쇠창살을 꽉 그러쥐었다. 부리와 발톱이 낫처럼 생긴 독수리들이 호엔펠스 가문의 방패 문장을 높이 치켜들고 의기양양하게 나를 내려다보았다.

그는 다시는 나를 자기 집으로 부르지 않았고 나는 그에게 그런 꾀바름이 있다는 게 고마웠다. 우리는 전에 그랬던 대로 아무 일도 없었던 것처럼 만났고 그도 우리 어머니를 보러 왔지만 차츰차츰 횟수가 줄어들었다. 상황이 다시는 전과 같아지지 않을 것이며 이제 우리의 우정과 어린 시절의 종말이 다가오고 있다는 것을 우리 둘 모두 알고 있었다.

16

종말이 오기까지는 시일이 오래 걸리지 않았다. 동쪽에서부터 불기 시작한 돌풍이 이제 슈바벤에도 닥쳐왔다. 그 돌풍은 격렬하기가 토네이도의 위력만큼 거세어졌고, 12년쯤 뒤 슈투트가르트의 4분의 3이 초토화되고 울름은 돌무더기 폐허로, 하일브론은 1만 2천 명이 죽어 간 도살장으로 바뀔 때까지 잦아들 줄을 몰랐다.

내가 여름 방학을 우리 부모와 함께 스위스에서 보낸 뒤 학교로 돌아왔을 때, 암울한 현실은 제1차 세계 대전 이래 처음으로 카를 알렉산더 김나지움에도 스며

들어 있었다. 그때까지 우리 학교는, 내가 당시에 알고 있었던 것보다 훨씬 더 장구하게, 속물들이 그들의 기술이나 정치를 도입하려 했지만 결코 성공하지 못한 인문학의 성전이었다. 이곳에서는 호메로스, 호라티우스, 에우리피데스, 베르길리우스 같은 시인들이 세상의 모든 발명가들과 당대의 대가들보다 더 중요했다. 지난 전쟁에서 백 명 넘는 학생들이 목숨을 잃은 것은 사실이었지만 그것은 테르모필레에서 스파르타인들과 칸나에에서 로마인들에게도 있었던 일이었다. 조국을 위해 죽는 것은 그들의 유서 깊은 예를 따르는 것이었다.

자신의 조국을 위해 용감히 싸우며
전선에서 쓰러지는 자는 고귀하나니
그리고 비참하도다 회피하는 자여,
비옥한 토지로부터 달아나 오갈 데 없는 비겁자여.

하지만 정치적인 투쟁에 가담하는 것은 또 다른 이야기였다. 우리의 역사 선생님들이 1870년 이후로 일어난 일들에 대해서는 아무것도 가르쳐 주지 않는데 어떻게 우리가 당대의 사건들을 쫓아가기를 기대할 수 있었을까? 어떻게 그런 것들이, 불쌍한 악령들이, 그리스인들과 로마인들, 신성로마제국 황제들과 슈바벤의 왕들, 프리드리히 대왕, 프랑스 혁명, 나폴레옹, 비스마르크 등등에 할애된 주당 두 시간이라는 짧은 시간에 밀어 넣어질 수 있었을까? 물론, 우리들마저도 이제는 우리의 성전 밖에서 무슨 일이 일어나고 있는지 전혀 모르기만 할 수는 없었다. 시내 도처에 베르사유 조약과 유대인을 비난하는 커다란 핏빛 포스터들이 나붙었고, 하켄크로이츠와 망치와 낫이 곳곳의 벽을 보기 흉하게 더럽혔고, 실업자들의 긴 행렬이 거리를 휩쓸며 왔다 갔다 했으니까. 하지만 우리가 성전 안으로 들어가기만 하면 시간이 조용히 멎었고 전통이 다시 자리를 잡았다.

9월 중순에 새로운 역사 선생님인 폼페츠키 씨가 부임해 왔다. 그는 단치히와 쾨니히스베르크 사이의 어디인가에서 왔는데 아마도 우리 학교에서 가르치는 최초의 프로이센 사람이었을 것이다. 그의 딱딱 끊어지는 날카로운 발음이 한갓지고 느릿느릿한 슈바벤 사투리에 익숙한 우리 귀에는 이상하게 들렸다.

「제군.」 그가 강의를 시작했다. 「역사가 있고 또 역사가 있다. 지금 제군의 책에 있는 역사와 앞으로 곧 그렇게 될 역사가 그것이다. 제군은 첫 번째 역사에 대해서는 다 알지만 두 번째 역사에 대해서는 아무것도 모른다. 왜냐하면 내가 제군에게 이야기해 주려는 어떤 검은 세력이 그것을 제군에게 숨기는 데 관심을 가지고 있기 때문이다. 어쨌건 당분간은 그들을 〈검은 세력〉이라 부르기로 하자. 그들은 어디에서나, 아메리카에서건 독일에서건, 하지만 특히 러시아에서 활약하고 있다. 그런 세력들은 크건 작건 간에 교묘히 위장을 하고 우리의 생활 양식에 영향을 미치면서 우리의 도덕과 우리의 국가 유산을 갉아먹고 있다. 〈무슨 유산요?〉 하고 제군은 묻겠지. 〈지금 무슨 얘기를 하고 있는 거예요?〉라고. 제군, 그렇게 물어봐야 한다는 게 믿을 수 없지 않나? 제군이 우리에게 주어진, 값을 매길 수 없이 귀한 선물에 대해 들어 본 일이 없다는 게? 나는 제군에게 그 유산은 지난 3천 년 동안 내내 의미 있었다는 말을 해주고자 한다. 기원전 1800년경에 어떤 아리아인 부족,

도리아인들이 그리스에 나타났다. 그때까지 그리스는, 가난한 산악 지대인 그곳은 열등한 종족이 살고 있었으며 잠들어 있고 무능한, 과거도 없고 미래도 없는 야만인들의 고향이었다. 그러나 아리아인이 도래하자 곧 상황은 완전히 바뀌어 마침내는 제군 모두가 알고 있듯이 그리스는 인류 역사상 가장 찬란한 문명을 꽃피우게 되었다. 자, 이제 시대를 더 나아가 보자. 제군 모두 로마제국의 멸망에 이어 암흑시대가 뒤따랐다는 것을 알고 있을 것이다. 그런데 제군은 게르만족 황제들의 혈통이 이탈리아로 내려간 직후 르네상스가 시작되었다는 게 순전한 우연이었다고 생각하나? 아니, 로마제국 이후로 불모지였던 이탈리아의 산야를 비옥하게 한 것은 게르만족의 혈통이었다는 것이 더 타당하지 않을까? 가장 위대한 두 문명이 아리아인의 도래 직후에 탄생했다는 것이 우연의 일치일 수 있을까?」

그런 식으로 강의는 한 시간 동안 계속되었다. 그는 〈검은 세력〉에 이름을 붙이는 건 신중하게 피했지만 그것이 무엇을 뜻하는지는 나도 알았고 다른 아이들도 모두들 알았다. 그가 교실에서 나가자마자 열띤 논의가 시작되었지만 나는 거기에 끼어들지 않았다. 대부분의 아이들이 그것은 모두 헛소리라는 데 동의했다. 「그렇다면 중국 문명은 어떻게 하고?」 프랑크가 소리쳤다. 「그렇다면 아랍인들은? 그리고 잉카인들은? 저 멍청이 저거 라벤나[24]에 대해서는 들어 보지도 못했나?」

하지만 주로 멍청한 아이들인 몇몇은 그의 이론에 뭔가가 있다고 했다. 그렇지 않고서는 어떻게 도리아인들이 거기에 이른 직후 그리스가 불가사의하게 일어날 수 있었느냐는 것이었다.

하지만 아이들이 폼페츠키와 그의 이론에 대해서 어떻게 생각했건, 그의 출현이 하룻밤 새에 분위기를 바꿔 놓은 것처럼 보였다. 그때까지 나는 계층이 다르고 관심사가 다른 아이들 사이에서 보통 생겨나는 적대감 이상의 것에 접해 본 적이 없었다. 누구도 나에 대해서 강한 악감정은 품지 않는 것 같았고 나는 어떤 종교적이거나 종족적인 편협에 부딪히지도 않았었다. 그러나 어느 날 내가 학교에 이르렀을 때, 우리 교실의 닫힌 문 너머에서 열띤 논의가 벌어지는 소리가 흘러나왔다.

24 그리스의 테살리아인 등이 현재의 이탈리아에 세운 고대 항구도시.

〈유대인들〉, 하는 소리가 들렸다. 〈유대인들.〉 알아들을 수 있었던 말은 그것뿐이었지만 그 말이 합창처럼 되뇌어졌고 그 말이 입 밖에 나올 때의 격렬함을 잘못 들었을 리는 없었다.

　내가 문을 열자 논의가 뚝 끊겼다. 예닐곱 명의 아이들이 한데 모여 서 있었다. 그 아이들이 마치 나를 전에 한 번도 본 적이 없는 것처럼 빤히 쳐다봤다. 그 아이들 중 다섯은 천천히 자기네 자리로 돌아갔지만 두 아이 — 카스토르와 폴라크라는 별명을 지어낸, 한 달 동안 여간해서 내게 말도 하지 않던 볼라허와 가난한 시골 목사의 아들로 그 뒤를 이을 운명이며 공격적이고 체중이 족히 80킬로그램은 나가는 시골뜨기 슐츠 — 는 내 눈을 똑바로 쳐다보았다. 볼라허는 동물원에서 원숭이를 볼 때 어떤 사람들의 얼굴에 나타나는, 우월감에서 멍청하게 씩 웃는 그런 웃음을 지었지만 슐츠는 고약한 냄새가 나기라도 하는 것처럼 코를 움켜쥐고 도발적으로 나를 빤히 쳐다보았다. 잠시 나는 머뭇거렸다. 그 덩치 큰 시골뜨기를 쓰러뜨릴 가능성이 적어도 반은 된다는 생각이 들었지만 그렇게 한다고 해서 문제가 더 잘 풀릴지 어떨지는 알 수 없어서였다. 학교 분위기에 이미 너무도 많은 독소가 스며들어 있었다. 그래서 나는 내 자리로 가 숙제를 마지막으로 점검해 보는 척했다. 너무 바빠서 지금 일어나고 있는 일들에 대해서는 눈과 귀를 돌릴 틈이 없다는 태도를 취하고 있던 콘라딘처럼.

그런데 내가 슐츠의 도전을 받아들이지 못한 것에 기가 살아서 볼라허가 내게로 달려들었다. 「너 왜 너네가 떠나온 팔레스타인으로 돌아가지 않는 거냐?」 그 애가 소리를 지르고는 호주머니에서 글자가 인쇄된 조그만 쪽지를 꺼내 침을 발라서 내 앞자리의 걸상에 붙여 놓았다. 거기에는 이렇게 적혀 있었다. 〈유대인들이 독일을 망치고 있다. 깨어나라, 시민들이여!〉

「그거 치워.」 내가 내뱉었다.

「네가 직접 치워.」 그가 되받았다. 「단 이건 알아 둬, 그렇게 하면 네 뼈를 모조리 다 분질러 놓겠다는 거.」

우드득 하는 소리가 들렸다. 콘라딘까지 포함해서 모든 아이들이 무슨 일이 벌어지고 있는지 보려고 일어섰다. 이번에는 너무 놀라서 머뭇거리고 말고 할 틈도 없었다. 한판 붙느냐 아니면 죽느냐였다. 나는 있는 힘껏 볼라허의 얼굴을 후려쳤다. 그가 비틀비틀하다가 다시 내게로 달려들었다. 그 아이도 나도 싸우는 기술이나 요령이라고는 없어서 마구잡이 난타전 — 그래, 마구잡이 난타전 맞았지만, 그렇더라도 나치 대 유대인의 싸움이기도 했고 나는 더 나은 대의를 위해 싸우고 있었다.

그때의 내 격렬한 감정으로는, 만일 볼라허가 나에게 한 방 크게 날리려다 내가 피하는 통에 고꾸라져 두 책상 사이에 끼었던 바로 그 순간에 폼페츠키가 교실로 들어서지 않았더라면, 나 자신을 돌아보기에 충분치가 못했을 것이다. 볼라허가 몸을 추스르고 일어섰다. 그리고 억울해하는 듯 눈물을 흘리면서 나를 가리키며 고해바쳤다. 「슈바르츠가 나를 덮쳤어요.」

폼페츠키가 나를 보고 물었다. 「왜 볼라허에게 덤벼든 거냐?」

「저 애가 나를 모욕해서요.」 내가 분노와 긴장을 가누지 못해 몸을 덜덜 떨면서 대답했다.

「너를 모욕했다고? 뭐라고 했는데?」 폼페츠키가 나

지막하게 물었다.

「저보고 팔레스타인으로 돌아가라고 했어요.」 내가 대답했다.

「아, 알겠다.」 폼페츠키가 싱긋 웃으며 말했다. 「하지만 그건 모욕이 아니다, 슈바르츠! 그건 옳고 우정 어린 충고야. 자리에 앉도록, 너희 둘 다. 싸우고 싶다면 밖으로 나가서 마음대로 실컷 싸워라. 하지만 분명히 기억해 두도록. 볼라허, 너는 참을성이 있어야 한다는 것. 이제 곧 우리의 모든 문제가 다 해결될 거다. 그러니 이제 역사 수업으로 돌아가자.」

저녁이 다가와 집으로 돌아갈 시간이 되자 나는 모두들 갈 때까지 기다렸다. 마음속으로 여전히 그가 나를 기다리고 있을 것이며 내가 그를 가장 필요로 하는 이때에 나를 도와주고 위로해 줄 것이라는 기대를 품고서. 하지만 내가 학교를 나섰을 때 길은 겨울날의 백사장처럼 싸늘하고 텅 비어 있었다.

그 이후로 나는 그를 피했다. 나와 함께 있는 것이 남들 눈에 띄면 그는 곤란해지기만 할 것이고, 그래서 나는 그가 내 결정을 고마워하리라고 생각했다. 이제 나는 다시 외톨이가 되어 있었다. 누구도 내게 여간해서 말을 걸지 않았다. 근육질 막스도 재킷에 은으로 된 조그만 하켄크로이츠를 붙이라는 지시에 따랐고 더 이상 내게 시범을 보이라고 하지 않았다. 나이 많은 선생님들까지도 나를 잊어버린 것 같았다. 하지만 나는 오히려 그것이 더 좋았다. 뿌리째 뽑아 버리려는 길고 잔인한 과정은 이미 시작되었고, 나를 인도하던 불빛들도 이미 가물가물 흐릿해져 있었다.

17

12월 초의 어느 날, 내가 피곤해하며 집으로 돌아오자 아버지가 나를 수술실로 데리고 들어갔다. 아버지는 지난 여섯 달 동안 부쩍 늙었고 숨을 쉬는 데에도 조금 어려움이 있는 것 같아 보였다. 「앉거라, 한스. 너하고 할 얘기가 있다. 내가 지금부터 하는 얘기가 너한테는 충격이 될 거다만. 네 어머니하고 나는 너를 미국으로 보내기로 했다. 뭐 어쨌든 당분간, 폭풍이 지나갈 때까지 말이지만. 뉴욕에 우리 친척들이 있는데 그 사람들이 너를 돌봐 주고 네가 대학에 가도록 손도 써줄 거다. 우리는 그러는 게 너를 위해 최선이라고 믿어. 네가 학교에서 무슨 일이 벌어지고 있는지를 얘기하지는 않았지만 우리는 네가 견디기 쉽지 않았으리라는 상상은 할 수 있단다. 대학에서는 상황이 더욱 나빠질 거다. 아! 헤어져 있는 시간이 길지 않았으면 좋으련만! 우리나라 사람들은 몇 년 내에 제정신을 차리게 될 거다. 우리에 관해서라면, 우리는 그대로 남아 있을 거야. 여기는 우리 조국이고 고향이고 우리는 여기에 속하니까. 그리고 또 우리는 그 어떤 〈오스트리아의 개〉도 이곳을 훔쳐 가도록 놓아두지 않을 거고. 나는 내 습관을 바꾸기엔 너무 늙었다. 하지만 너는 젊고 네 모든 미래가 네 앞에 놓여 있어. 자, 일을 조금이라도 더 어렵게 만들지 말자. 따지지도 말고. 그래 봤자 더 힘들어지기만 할 뿐이야. 그리고 제발, 아무 말도 하지 마라.」

그렇게 해서 결정이 내려졌다. 나는 크리스마스에 학교를 그만두었고 다음해 1월 19일, 내 생일이자 콘라딘이 내 삶으로 들어온 지 거의 정확히 1년 되는 날에 미국으로 떠났다. 떠나기 이틀 전, 나는 편지를 두 통 받았다. 그중 하나는 볼라허와 슐츠가 함께 공을 들여 운문으로 쓴 것이었다.

조그만 유대놈아 ── 우리는 네게 작별을 고한다
네놈이 지옥에서 모세하고 이삭과 만나기를.

조그만 유대놈아 ── 네놈은 어디에 있을 것이냐?
오스트레일리아에서 다른 유대놈들과 합칠 것이냐?

조그만 유대놈아 ── 다시는 돌아오지 마라
안 그러면 네놈의 모가지를 부러뜨릴 테니까.

두 번째 편지는 다음과 같았다.

친애하는 한스,

쓰기 힘든 편지를 쓴다. 우선 먼저 네가 미국으로 떠
나게 되어 얼마나 서글픈지 모르겠다는 말부터 하게
해다오. 독일을 사랑하는 네가 미국에서 ── 너와 내가
공통으로 좋아하는 것이 아무것도 없는 나라에서 ──
새로운 삶을 시작한다는 것이 쉬울 수는 없는 일이겠
지. 나는 네가 틀림없이 나보다 더 쓰라리고 불행하리
라는 것을 상상할 수 있어. 그러나 다른 한편으로는 어

쩌면 그게 네가 할 수 있는 가장 현명한 일일지도 몰라. 앞으로의 독일은 우리가 알고 있던 독일과는 달라질 거야. 이 나라는 앞으로 수백 년 동안 우리의 운명과 전 세계의 운명을 결정할 남자의 지도하에 새로운 독일이 될 테니까. 너는 내가 그 남자를 믿는다고 한다면 충격을 받을 거야. 오로지 그 사람만이 우리의 사랑하는 조국을 물질주의와 볼셰비즘으로부터 구할 수 있고 그를 통해서만 독일은 어리석음으로 인해 잃어버렸던 도덕적 우월성을 회복할 수 있다고 한다면. 너는 동의하지 않겠지만 나는 독일을 위한 다른 어떤 희망도 찾아볼 수가 없어. 우리의 선택은 스탈린과 히틀러 사이의 선택이고 나는 히틀러를 선택할 거야. 그의 사람됨과 성실함은 내가 생각했던 것 이상으로 나를 감동시켰으니까. 최근에 내가 뮌헨에 있었을 때 어머니와 함께 그를 만나 보기도 했고. 겉보기에 그는 별로 인상적이지 않은 작은 남자지만 그의 말을 듣는 순간 사람들은 그의 확신에서 오는 순수한 힘과 강철 같은 의지, 천재적인 강렬함, 예언자적인 통찰에 휩쓸려 들고 말아. 그곳을 떠날 때 어머니는 눈물을 글썽이며 이 말을 계속 되뇌었어. 〈신께서 저분을 우리에게 보내 주셨어〉라고. 나는 네게 한동안은 —— 아마도 1년이나 2년쯤은 —— 이 새로운 독일에 너를 위한 자리가 없을 거라는 말을 하는 게 너무도 미안해. 하지만 네가 나중에 돌아오지 말아야 할 이유는 찾아볼 수가 없어. 독일은 너 같은 사람을 필요로 하고 나는 총통이 유대적인 요소들 중에서 좋은 것과 바람직하지 못한 것을 완벽하게 가려낼 능력과 의지를 지녔다고 믿어.

근원 가까이에 깃들인 것은 그곳을 떠나길 꺼려하는 법이니[25]

네 부모님이 여기에 남아 계시기로 했다는 것이 기뻐. 당연히 아무도 그분들을 괴롭히지 못할 것이고 여기에서 평화롭고 안전하게 사실 수 있을 거야.

아마도 어느 날엔가는 우리의 길이 다시 서로 만나겠지. 언제까지나 항상 너를 기억할게, 친애하는 한스! 너는 내게 크나큰 영향을 미쳤어. 나에게 생각하는 법과

25 횔덜린의 시 「방랑Die Wanderung」의 일부.

의심하는 법을 가르쳐 주었고 의심을 통해 우리 주님
과 구세주 예수 그리스도를 찾는 법도 가르쳐 주었어.

너의 콘라딘 폰 호엔펠스

18

그렇게 나는 미국으로 왔다. 그리고 여기에서 30년을 살았다.

여기에 도착했을 때 나는 학교로 갔고, 다음에는 하버드로 진학해서 법학을 공부했다. 나는 법학을 공부한다는 생각이 싫었고 시인이 되고 싶었지만 오촌 당숙은 말도 안 된다는 입장을 고수했다.

「시, 시라.」 그가 비웃었다. 「넌 네가 제2의 실러가 될 거라고 생각하는 거냐? 시인이 얼마쯤 버는지나 아니? 우선 먼저 법학을 공부해라. 그런 다음에 시는 남아도는 시간에 얼마든지 네 마음껏 쓸 수 있어.」

그렇게 해서 나는 법학을 공부해 스물다섯 살에 변

호사가 되었고 보스턴 출신의 아가씨와 결혼해서 한 아이를 두었다. 변호사로서 나는 〈썩 나쁘지는 않게〉 업무를 수행했고 사람들은 내가 인생에서 성공했다는 데 대체로 동의하곤 했다.

피상적으로는 그들이 옳다. 나는 〈모든 것〉을 가졌으니까. 센트럴 파크가 내려다보이는 아파트, 자동차들, 시골에 있는 별장, 서너 곳의 유대인 클럽 및 기타 등등의 회원. 하지만 나는 더 잘 알고 있다. 내가 정말로 하고 싶었던 일, 그러니까 훌륭한 책 한 권과 한 편의 좋은 시를 쓰는 일은 결코 하지 못했다는 것을. 처음엔 돈이 없었기 때문에 용기를 내지 못했고 돈이 있는 지금은 자신감이 없기 때문에 용기를 내지 못한다. 그런 이유로, 마음속 깊은 곳에서 나는 나 자신을 실패자로 본다. 그것이 정말로 문제가 되어서가 아니다. 영원의 상 아래에서 우리 모두는 예외 없이 다 실패자들이니까. 〈죽음은 최후의 어둠이 오기 전에 결국 모든 것이 똑같이 덧없다는 것을 보여 줌으로써 우리의 삶에서 자신감을 갉아먹는다〉라는 글을 내가 어디에서 읽었는지는 모르겠다. 그렇다, 〈덧없다〉는 것이 옳은 말이다.

그렇더라도 나는 불평을 해서는 안 된다. 내게는 적들보다 더 많은 친구들이 있고 내가 살아 있다는 것이 기쁘기까지 한 순간들, 해가 지는 광경이나 달이 떠오르는 모습, 또는 산꼭대기들에 쌓인 눈을 지켜보는 순간들도 있다. 또 다른 보상도 있다. 이를테면 내가 좋다고 여겨서 편드는 것 — 예를 들어 인종 평등이라든가 사형 폐지 같은 — 을 위해 내가 미력이나마 보탤 수 있을 때이다. 나는 내가 유대인들이 이스라엘을 세울 수 있도록, 그리고 아랍인들이 몇몇 난민들을 정착시킬 수 있도록 작은 도움을 줄 수 있었기에 내 재정적 성공을 기뻐해 왔다. 심지어 나는 독일에까지도 돈을 보냈다.

우리 부모는 죽었지만 나는 그들이 벨젠 수용소에서 생을 마감하지는 않았다고 말할 수 있어 기쁘다. 어느 날 아버지의 수술실 밖에 이런 경고문을 든 나치대원이 배치되었다. 〈독일인들이여, 깨어나라. 모든 유대인들을 피해라. 유대인과 어떤 관계가 있는 사람은 누구라도 더럽혀진 것이다.〉 아버지는 철십자 훈장, 1등 무공 훈장이 포함된 훈장들과 함께 장교 정복 차림을 하고 그 나치대원 옆에 버티고 섰다. 나치대원은 점점 더 당황했고 차츰차츰 꽤 많은 사람들이 모여들었다. 그들은 처음에는 아무 말 없이 조용했지만 사람들 숫자가 늘어날수록 웅성거리는 소리가 점점 더 커져서 마침내는 공격적인 야유로 바뀌었다.

하지만 그들의 적개심은 나치대원을 겨냥한 것이었고 얼마 지나지 않아 짐을 싸서 자리를 뜬 것도 나치대원이었다. 그 나치대원은 다시 돌아오지 않았고 다른 사람으로 대체되지도 않았다. 그로부터 며칠 뒤, 어머니가 잠들어 있을 때 아버지는 가스를 틀었고 그렇게 그들은 세상을 떴다. 그들이 떠난 이래로 나는 가능한 한 독일인과의 만남을 피했고 독일어로 되어 있는 책은 단 한 권도, 횔덜린의 시집마저도, 펼쳐 보지 않았다. 그러면서 잊으려고 애를 써왔다.

물론 몇몇 독일인들, 히틀러에 대항했다는 이유로 옥살이를 한 좋은 사람들은 분명히 내 편이 되어 주었다. 나는 그들과 악수를 하기에 앞서 그들의 전력을 확인했다. 독일인을 받아들이려면 신중해야 하는 법이다. 나와 이야기를 하고 있는 사람이 내 친구나 친척의 피를 손에 묻히지 않았다고 어떻게 알 수 있을까? 하지만 내가 받아들인 경우에는 단 한 점의 의심도 없었다. 그들은 나치에 저항했다는 기록이 있음에도 불구하고 죄책감을 느끼는 경향이 있었고 나는 그런 그들이 안쓰러웠다. 하지만 그들과 함께 있을 때에도 나는 독일어를 말하기가 힘든 척했다.

그것은 내가 독일어로 말을 해야 할 때 (비록 완전히는 아니더라도) 무의식적으로 취하는 일종의 자기방어적인 측면이었다. 물론 나는 지금도 여전히 그 언어를, 미국식 억양이 섞이기는 해도, 썩 잘 구사할 수 있지만 그러기를 싫어한다. 내 상처는 아직 치유되지 않았고 독일을 떠올리는 것은 상처에 소금을 문지르는 격이다.

어느 날 나는 뷔르템베르크에서 온 남자를 만났고 그에게 슈투트가르트는 어떻게 되었느냐고 물어보았다.

「4분의 3이 파괴되었어요.」 그가 대답했다.

「카를 알렉산더 김나지움은 어떻게 되었나요?」

「돌무더기 폐허죠.」

「그러면 호엔펠스 성은요?」

「그것도 돌무더기.」

나는 웃고 또 웃었다.

「뭐가 그렇게 우습지요?」 그가 어리둥절해하며 물었다.

「신경 쓰지 마세요.」 내가 대답했다.

「하지만 웃기는 거라고는 하나도 없는데요.」 그가 말했다. 「나는 뭐가 웃기는 건지 통 모르겠네요.」

「신경 쓰지 마세요.」 내가 같은 말을 되뇌었다. 「웃기는 건 없으니까요.」 내가 달리 뭐라고 할 수 있었을까? 나 자신으로서도 내가 왜 웃는지 이해를 할 수 없었는데 무슨 수로 그에게 설명을 해줄 수 있었을까?

19

그런데 오늘 이 모든 것이 내게로 돌아왔다. 카를 알렉산더 김나지움으로부터 조그만 인명부와 함께 뜬금없이 날아온, 제2차 세계 대전 때 산화한 동창들을 기리는 추모비 건립에 기부해 달라고 요청하는 호소문으로. 나는 그들이 내 주소를 어떻게 찾았는지 모른다. 또 그들이 어떻게 내가 그 오래전 〈그들 중의 일원〉이었다는 것을 알아냈는지도 이해가 가지 않는다. 내 첫 번째 충동은 그 호소문이며 인명부를 모두 쓰레기통에 던져 버리는 것이었다. 내가 왜 〈그들〉의 죽음에 신경을 써야 하지? 나는 〈그들〉과 절대적으로 아무런 관련도 없었는데. 나는 결코 그러지 않았는데. 나는 〈그들〉에게 아무것도 요구하지 않고 내 삶에서 17년을 잘라 내어 버렸는데 이제 와서 〈그들〉이 내게 기부를 바라다니!

하지만 결국 나는 마음을 고쳐먹고 호소문을 읽어 보았다. 4백 명 이상의 동창들이 전사하거나 실종되었다. 다음에 알파벳순으로 된 그들의 명단이 있었다. 나는 H를 피해 가며 명단을 훑어보았다.

〈아달베르트, 프리츠. 1942년 러시아에서 사망.〉 그랬다, 우리 반에 그 이름을 쓰는 아이가 하나 있었다. 하지만 그가 어땠는지는 기억이 나지 않았다. 아마도 틀림없이 그는, 이제 죽어서도 그렇듯 살아서도 내게 별로 중요하지 않았을 것이다. 그다음 이름도 마찬가지였다. 〈베렌스, 카를. 러시아에서 사망 또는 실종된 것으로 추정.〉

다음에는 내가 여러 해 동안 알고 지냈을 아이들, 한때는 생기발랄하게 희망으로 가득 찼었고 내가 그랬던 것처럼 웃으며 살아 있던 아이들이 있었다. 〈프랑크, 쿠르트.〉 그랬다, 나는 그를 기억할 수 있었다. 그는 캐비어 패거리 중 하나로 괜찮은 아이였기에 나는 그가 안됐다는 느낌이 들었다.

〈뮐러, 후고. 아프리카에서 사망.〉 그도 기억할 수 있었다. 나는 눈을 감았고 내 기억은 빛바랜 은판 사진처럼 보조개가 있는, 그러나 다른 특징들은 떠오르지 않는 금발 소년의 희미하고 흐릿한 윤곽을 만들어 냈다. 그는 이제 죽었구나. 불쌍한 친구.

그러나 이 경우에는 얘기가 달랐다. 〈볼라허, 사망, 묘지는 불명.〉 그는 죽어 마땅했다 — 만일 누군가가 죽어 마땅하다면(그런데 〈만일〉은 중요한 뜻을 지닌 단어다). 그리고 슐츠도 마찬가지였다. 아, 나는 그들을 아주 잘 기억한다. 그들이 보낸 운문을 잊지도 않았다. 그게 어떻게 시작되었더라?

조그만 유대놈아 — 우리는 네게 작별을 고한다
네놈이 지옥에서 모세하고 이삭과 만나기를.

그랬다, 그들은 죽어 마땅했다 — 〈만일〉 누군가가 죽어 마땅하다면.

그렇게 나는 H로 시작하는 이름들만 빼놓고 명단 전체를 훑어 내렸다. 그리고 다 읽어 내렸을 때 나는 우리

반이었던 마흔여섯 명 중 스물여섯 명이 천년제국을 위해 죽었다는 것을 알게 되었다.

그리고 나서 나는 명단을 내려놓고 — 기다렸다.

10분을 기다리고, 30분을 더 기다리는 내내 나의 오래전 과거라는 지옥으로부터 온 그 인쇄물을 바라보면서. 그것은 초대도 받지 않고 와서 내 마음의 평화를 깨뜨리며 내가 잊으려고 그처럼 애를 썼던 무엇인가를 긁어 올리고 있었다.

나는 별로 하는 일도 없이 전화를 몇 통 걸고 편지를 몇 장 받아쓰게 했다. 그러고도 여전히 나는 내게 들러붙어 괴롭히는 한 이름을 찾아볼 용기를 내거나 나 자신을 다그칠 수 없었다.

마침내 나는 그 끔찍한 것을 없애 버리기로 했다. 내가 정말로 알고 싶거나 알아야 할 필요가 있을까? 그를 다시는 보지 못할 텐데 그가 살았건 죽었건 거기에 무슨 차이가 있을까?

하지만 그렇다고 확신할 수 있을까? 문이 열리고 그가 걸어 들어오는 일은 정말로 불가능한 일일까? 지금 이 순간에도 나는 그의 발자국 소리를 듣고 있지 않은가?

나는 조그만 인명부를 집어 들고 막 찢어 버리려던 참이었다. 하지만 마지막 순간에 내 손을 멈췄다. 그런 다음 마음을 굳게 먹고 떨면서 H로 시작되는 페이지를 펼쳐 읽었다.

〈폰 호엔펠스, 콘라딘. 히틀러 암살 음모에 연루, 처형.〉

옮긴이의 말

이 소설은 누구도 예상치 못할 반전으로 끝이 난다. 그리고 마지막에 나온 단 한 줄의 결말이 독자들에게 다른 어떤 소설보다도 더 큰 충격을 안겨 주며 많은 생각을 불러일으킨다. 그 덕분에 이 짤막하면서도 긴 이야기를 담고 있는 프레드 울만의 걸작은 나치 시대의 잔학상을 다룬 여타의 두꺼운 책들에 조금도 밀지지 않는 위치를 점하게 되었지만, 그 결말이 어떻게 도출되었는지를 알아보기 위해서는, 그리고 아울러 마지막에 던져진 대반전의 충격과 감동을 고스란히 느끼기 위해서는, 이야기의 첫머리로 돌아가 놀랍도록 감동적인 우정의 행로를 따라가 보아야 한다.

히틀러가 권력을 잡기 시작했던 무렵인 1930년대 초의 독일 서남부 지방을 배경으로 하는 이 소설은 한 유대인 소년과 독일 귀족 집안 출신 소년 사이의 강렬하면서도 순진무구한 우정을 이야기한다. 여러 대에 걸친 랍비들의 후손이자 존경받는 의사의 아들인 한스 슈바르츠는 새로 전학 온 유서 깊은 명문가 자제인 콘라딘 폰 호엔펠스와 둘도 없는 친구가 되어 온갖 기쁨과 두려움이 곁들여진 우정을 점점 더 깊이 다져 가고, 작가 프레드 울만은 관찰력 예민한 화가의 눈으로 그 과정을 간결하면서도 정확하게 묘사한다. 이 소설의 단어 하나하나, 문장 하나하나가 묘사하려는 상황에 딱딱 들어맞도록 정교하게 서술된 이면에는 작가가 수십 년에 걸쳐 쌓아 온 화가로서의 경력이 있다.

제2차 세계 대전 이전의 독일, 〈평온하고 푸르른 슈바벤〉에서 성장하는 두 소년 사이의 헌신적인 우정과 그들의 청소년기를 끝내 버린 사악하되 너무도 현세적인 세력을 한데 그린 이 『동급생』은 소중한 우정이 결국 깨어지는 상황을 유럽의 유대인들이 겪게 될 참혹한 운명의 전조로 설정한다. 그러나 작가는 이야기를 양

극단의 흑백논리로 끌어가지 않는다. 암울해지는 상황에 그 두 소년이 함께 나누는 가장 은밀한 생각들, 함께 여행하는 독일 서남부 지방의 풍경들, 그들이 토론하는 자기네 나라의 과거와 현재, 자비로운 하느님의 존재에 대한 논쟁 등을 병치시켜 절묘한 균형을 취하는 것이다. 그리고 마지막에 가서는 미국으로 망명한 주인공 한스가 여러 해 뒤 콘라딘의 운명을 묵시록처럼 접하게 되고, 그 몇 행이 독자들의 뇌리에서 결코 떠나지 않을, 놀라우리만큼 멋진 대단원을 제공한다.

  나치가 독일을 장악하기 시작했을 무렵의 불가피한 상황에 떠밀려 어쩔 수 없이 갈라서야 했던 두 소년 사이의 우정을 그린 이 소설은 제한된 화폭에 다채로운 그림들을 채워 넣듯 짤막하면서도 생동감 있게 이야기를 풀어 나간다. 주인공과 그의 가족에게 홀로코스트란 생각조차 할 수 없는 것이지만 결국 그 재앙의 전조는 서서히 떠오른다. 소설적 형태로서의 분량보다 훨씬 더 많은 내용을 담고 있는 이 책에서 울만은 용케도 우정의 본질과 히틀러의 발흥이 독일인들의 삶에 미친 영향 두 가지 모두를 함축적으로 담아낸다. 그와 동시에 정말로 살아 숨 쉬는 듯한, 실제로 눈앞에 보이는 듯한 인물들을 창조해 내기도 한다.

인류 역사상 최악의 비극이라는 결코 가볍지 않은 내용을 다루면서도 작가는 사건들을 과도하게 감정적이거나 멜로드라마틱하지 않게, 약간의 역설을 가미해 가면서 이야기한다. 청소년기의 가슴 저리게 외로운 심정을 극단적인 역사적 불행이라는 배경에 대조시켜 또렷이 포착하는 한편, 성장 배경이 다른 두 10대 소년 사이의 독특한 우정과 영원히 지속되는 참된 우정의 힘을 태피스트리처럼 엮어 짜는 동시에 인간 정신의 도덕적인 면면을 깊숙이 파고들어 인간 내면에 잠복해 있는 사악함을 일깨워 주기도 한다. 그럼으로써 작가는 독자들을 제2차 세계 대전의 잔혹한 악행들 속에서 나뒹굴게 하지 않고도 그로 인한 비극의 핵심을 넌지시 보여주는 것이다.

이 소설은 기본적으로 제2차 세계 대전과 나치즘이 두 친구에게 미친 충격을 다루고 있지만 그러면서도 마치 시를 읽는 듯 아름답게 쓰인 문장들이 상당히 많이 등장한다. 슈투트가르트의 포도밭이라든가 오페라 하

우스, 뷔르템베르크의 검은 숲 등에 대한 묘사는 빼어
난 시적인 산문으로 아름다운 우정을 더욱 돋보이게
해준다. 〈봄이 와서 온 천지가 벚꽃과 사과꽃, 배꽃과
복숭아꽃이 흐드러지게 어우러진 꽃들의 모임이 되었
고 미루나무들은 그 나름의 은빛을, 버드나무들은 그
나름의 담황색을 뿜냈다. 슈바벤의 완만하고 평온하고
푸르른 언덕들은 포도밭과 과수원들로 덮이고 성채들
로 왕관이 씌워졌다〉 같은 구절에서는 계절의 여왕을
맞이한 독일 서남부의 경치가 한 폭의 그림처럼 펼쳐지
기도 한다.

이 소설은 자서전처럼 보일 수도 있지만 작가가 직접
밝혔듯이 자서전은 아니다. 프레드 울만은 1901년생이
므로 1930년대 초반에 학생이었을 리도 없다. 이 소설
이 자서전처럼 보이는 이유는 생동감 넘치는 문체와 더
불어 주위의 세상에서 의미를 찾아내려고 하는 두 소년
의 철학적 방랑까지도 솜씨 있게 묘사한 작가의 기량
덕분이다. 울만은 여실히 눈앞에 떠오르는 인물들을 창
조해 냄으로써 제3제국 치하에서 그렇게도 만연했던
광기 어린 증오 때문에 파괴되어 버린 우정을 회화적인

솜씨로 생생하게 그려낸다. 참된 우정의 힘에 대해 의미심장한 통찰을 제시하는 이 짧지만 충격적이고 심오한 작은 걸작이 강력한 힘으로 독자들에게 깊은 감동을 안겨 줄 것이라 믿는다.

2017년 1월

황보석

옮긴이 **황보석** 1953년 충북 청주에서 태어나, 서울대학교 불어교육과를 졸업했으며 현재 전문 번역가로 활동하고 있다. 옮긴 책으로는 폴 오스터의 『공중 곡예사』, 『거대한 괴물』, 『달의 궁전』, 『우연의 음악』, 『고독의 발명』, 『뉴욕 3부작』, 『환상의 책』, 『신탁의 밤』, 『브루클린 풍자극』, 『기록실로의 여행』, 막심 고리끼의 『끌림 쌈긴의 생애』, 친기즈 아이뜨마또프의 『백년보다 긴 하루』, 피터 메일의 『내 안의 프로방스』, 시배스천 폭스의 『새의 노래』 등 다수가 있다.

동급생

발행일   2017년 2월 10일 초판 1쇄
        2024년 2월 20일 초판 33쇄

지은이   프레드 울만
옮긴이   황보석
발행인   홍예빈 · 홍유진
발행처   주식회사 열린책들

경기도 파주시 문발로 253 파주출판도시
전화 031-955-4000 팩스 031-955-4004
www.openbooks.co.kr

Copyright (C) 주식회사 열린책들, 2017, *Printed in Korea.*
ISBN 978-89-329-1814-3 03840

이 도서의 국립중앙도서관 출판예정도서목록(CIP)은 서지정보유통지원시스템 홈페이지(http://seoji.nl.go.kr)와
국가자료공동목록시스템(http://www.nl.go.kr/kolisnet)에서 이용하실 수 있습니다.(CIP제어번호: CIP2016030424)